再会してしまったので、仮面夫婦になりましょう
～政略花嫁は次期総帥の執愛に囲われる～

m a r m a l a d e b u n k o

一ノ瀬千景

マーマレード文庫

目次

再会してしまったので、仮面夫婦になりましょう
～政略花嫁は次期総帥の執愛に囲われる～

再会してしまったので、仮面夫婦になりましょう
〜政略花嫁は次期総帥の執愛に囲われる〜

プロローグ

「……結婚？」

山根理子の声は震えていた。自分が発したその言葉に、思わず首をかしげたくなる。

とんでもない聞き間違いだと笑い飛ばされるだろう。そう信じたのに、たった今、
理子が対峙している男――天沢深雪は薄く笑んでうなずいた。

「そう、君が俺の妻になること。それが提携の最後の条件だ」


株式会社リルージュは全国に映画館や劇場を数多く所有する、国内最大手の総合エンターテインメント企業。鉄道、都市開発、ホテルに百貨店と、ありとあらゆる業界に根を張る天沢グループの中核企業のひとつとしても知られている。

ここは日比谷駅前にあるリルージュ本社ビルの最上階。深雪はもうじき、この社の社長に就任する。

ブラインドの隙間から差し込む西日がまるでスポットライトのように、彼の美貌を際立たせた。

年齢は理子よりふたつ年上の二十八歳。長い睫毛とくっきりした二重ラインを持つ目元は、凛々しく男らしい印象。反対に細い鼻筋と薄い唇は優美で甘やか。濃すぎず薄すぎず、野性的な色気と王子さま然とした気品が絶妙なバランスで同居している。

デスクに片手をついて、彼がスッと立ちあがった。

上質なスーツ、ピカピカの革靴、高級だがこれみよがしではない腕時計と、装いにも隙がない。柔らかそうな黒髪が額にはらりと落ちた。なんてことない仕草にも品のよさがにじみ、絵になっている。映画のワンシーンを見ているようだ。

カツカツとあえて靴音を響かせるようにして彼が近づいてくる。今日の理子はアイボリーのセットアップスーツに合わせて、少しヒールのあるパンプスを履いていた。それでも百六十センチの自分からすると、見あげるほどに彼は背が高い。

この距離感にはなじみがある。ふいに時が巻き戻ったような錯覚を覚えた。

(雪くんは昔から背が高かった。私はいつもこうして……)

十年前と同じように、理子は視線を上に向けて彼を見る。そしてハッと息をのんだ。

自分を見おろすその瞳はまったく知らない男のもの――。理子のよく知る、穏やかで優しい彼はそこにはいない。

今、自分の前に立っているのは、抜け目ない野心たっぷりのビジネスマン。狡猾そうな瞳が冷ややかに理子を見おろしている。

深雪はニヤリと唇の端だけをあげる。

「悪くない条件だと思うけどね。噂に聞いていたとおり、君のお兄さんには才能がある。その天賦の才にリルージュのバックアップが加われば、間違いなく業界の覇権を握れる」

深雪は大きく足を踏み出し、理子との距離を詰めた。彼の手が伸びてきて理子の白い首筋を撫でる。かすかに触れただけなのに、頸動脈にナイフを突きつけられたかのように背筋がひやりとした。

「君がこの身を差し出すだけで、倒産危機だった会社が大成功をおさめられるんだ」

彼はクスリと笑い声をあげたけれど、その目はちっとも笑っていない。こめかみに嫌な汗が流れるのを感じながら理子はどうにか声を出す。

「なぜ条件が結婚なのですか？　リルージュに、あなたに……どんなメリットが？」

五月初旬。理子は今日、ビジネスのためにここに来た。リルージュと理子の兄が経営するＩＴ企業レオ＆ベルは、とある事業での提携を目指している。双方がほぼ合意済みで、あとは最終条件の確認のみというところまできていた。そのため契約実務を担当している理子が出向いてきたのだ。

そんな状況で、結婚なんてワードが出てくるとは予想もしていなかった。

（私を妻にって……どういうことなの？）

理子は特別な地位も名誉も持ってはいない。彼の口ぶりだって、あきらかに自分を軽んじているではないか。なのに、なぜ？

首筋にあった彼の指が動き、いやに官能的に理子の耳をくすぐる。肩がピクッと跳ね、やや癖のあるセミロングの髪がふわりと揺れた。

「くすぐったがりなのは昔からだな」

理子の様子を満足そうに眺めて、彼はそんなふうに言った。

「どうしても君が欲しい」

低く響く声に胸がざわめく。

唇が近づいてくる。重なる寸前で、理子は彼の胸を押し返した。

「やめてください。そんな嘘に騙されるほど、もう子どもじゃありません」

「ははっ。賢くなったのは、俺が勉強を教えてあげていたおかげかな？」

理子の瞳は髪と同じ優しい栗色。その瞳の真ん中に彼をとらえる。

「ごまかさないでください、天沢さん。私はビジネスの話をしに来たんです。腹のうちがわからない相手と手を組むことはできません」

「ま、それは同感だ。いいよ、腹を割って話そうか」

降参のポーズを取った彼が一歩後ろにさがった。ビジネスライクな表情と口調を取り戻し、淡々と語り出す。

「君たちの会社、レオ&ベルは勢いがあるけど、まだまだスモールビジネスの域を出ていない。世間は『リルージュの気まぐれで支援してもらえただけ。成功の兆しが見えなければ、すぐに切り捨てられる』と見るだろうな」

これには反論の余地もなかった。リルージュはこの国の経済を牛耳っているといっても過言ではない天沢グループの、中核を担う大企業だ。それに対して、レオ&ベルは兄の喜一（きいち）が大学時代に遊び半分で立ちあげた会社。

社名の由来も『そんなに長くは続かないだろうし、なんでもいっか』と、昔飼っていた猫二匹の名前をくっつけただけという適当ぶりだ。

喜一自身の興味のおもむくままにスマホアプリを次々と開発し、世に出した。そのうちのひとつが時流にのって大ヒットしたのだ。

結果、ベンチャー企業としてはまずまずの成功をおさめ、現在は二十名ほどの従業員を抱えるまでになったが……リルージュのパートナー企業としては格下感が否（いな）めないのは事実だ。

「今のままでは、肝心なときに銀行や協力企業から様子見をされる恐れがある。でも俺と喜一、いや山根社長が姻戚関係になったとすればどうだ？　レオ&ベルは天沢グループを完全にバックにつけたと世間は判断し、注目も助力も集まる」

「では、うちの箔づけと事業の成功のために？」

深雪は軽く目を伏せ、口元だけでほほ笑んだ。

「残念ながら俺はそんなに親切な男じゃない。目的の半分はこっちの保険だ。この事業が大成功をおさめた暁に、逆に山根社長がうちを切る可能性だって否定できないだろう。かわいい妹の君を娶るのは、いわば人質。大昔から続く、実績あるビジネス手法のひとつだしね」

人質という単語を発したとき、彼は理子の左胸を指さした。

「リルージュはレオ&ベルを高く評価してくださっているということですか？」

喜一は無感動に「あぁ、そう」と言うだけだろうが、社員はきっと泣いて喜ぶ。あの天沢深雪に〝切られたくない〟とまで言わせたのだから。

天沢一族直系の御曹司。米国支社での華々しい活躍が評価され、このリルージュの社長に就任するため凱旋帰国。一族内に彼のライバルはおらず、グループ総帥の椅子は約束されたようなもの。天沢家の長い歴史のなかでも一、二を争う才覚があると評される男、それが深雪だ。

「リルージュが、というより俺がね。山根社長の嗅覚は本物。レオ&ベルはでかくなるだろうから、早いうちに友好関係を結んでおきたい」

その台詞自体に嘘はないように思えた。

「嬉しいお言葉をありがとうございます。ですが」

語尾を強めて、理子は彼を見据える。深雪の説明、たしかに理屈は通っているのだ。けれど、どうしてもなにかが引っかかった。

「なに？　今の説明じゃ不十分だった？」

理子をためすような視線が注がれる。

「結婚という制度を使って同盟を強化する。たしかによく聞く、ありふれた話ですよね」

深雪の表情はピクリとも動かない。

「けれど、あなたなら……こんな古くさいやり方でなく、いくらでもほかの手段を取れると思うのですが」

自分を奮い立たせ、理子はひと息に告げた。

「どうして結婚なのか、その理由を教えてください」

好物を発見した肉食獣のように、彼の喉がゴクリと動く。

「しばらく会わない間にずいぶんといい女になったね、理子」

艶めいた声で彼は名前を呼び、当然のような顔をして理子の腰を抱き寄せる。

彼の吐息が耳元をかすめたかと思うと、抵抗する間もなく首筋に唇が押し当てられた。

強く、熱く、肌を吸われる。

「んんっ、やめっ。雪くん！」

意識して昔の呼び名は避けていたのに、思わず口をついて出てしまった。

白い肌に鮮やかに残った所有印、それを見た深雪の顔に愉悦の色が浮かぶ。

「結婚という手段を取った理由は……理子、君への復讐だよ」

一章　忘れられていたようです

桜の開花を待ちわびる三月下旬。ここ数日でぐんと暖かくなり、冬の気配は遠くなった。

東京都渋谷区。商業施設とオフィスが同居するモダンな複合ビルの十二階。レオ＆ベルがここにオフィスを移してから、二年の月日が流れていた。二十名の社員たちが忙しそうに動き回っている光景に、理子は無意識に目尻をさげた。

（こんなに大勢の社員を抱えるまでになったんだなぁ）

このビルに入居しているのはレオ＆ベルと同じく若い会社がほとんど。いわゆるスタートアップ企業――イノベーションを起こし、短期間で圧倒的な成長を遂げる企業として世間の注目を集めているところばかり。手前味噌だが、今のレオ＆ベルはその筆頭として真っ先に名前があがる存在だ。

もともとは兄、喜一が大学時代に趣味で始めた小さなビジネスがスタートだった。

「あったら便利かも」というようなスマホアプリをいくつか開発していたら、そのうちのひとつが女子中高生の間で大ヒットした。誰でも簡単にオシャレな動画を作れる動画編集アプリだ。喜一と理子の父親は映画監督だから、映像編集のノウハウに詳しかったことも勝因のひとつだろう。

その映画監督の父と舞台女優の母は、昔ながらの業界人といった自由奔放な私生活を送っており、長く別居婚のような状態だった。そして理子が高校を卒業するタイミングでとうとう離婚。父のほうは金銭的なトラブルにも見舞われ、都内に構えていた豪邸は売却せざるを得なかった。母は母で『ふたりとも、もう大きくなったし大丈夫よね』と、ひと回り以上も年下の売れない俳優と再婚してしまった。

『あのふたりの財産はまったく当てにならない。私たちは堅実に生きよう』と理子が提案し、兄妹はごく一般的な2LDKマンションを借りてそこから大学に通った。

そのマンションの、喜一の部屋がオフィスだった頃から仕事を手伝っている理子としては、現在の状況は感慨深いものがある。

堅実な人生のためにも、理子自身は大手企業に就職したいと考えていたので進路選択のときはかなり悩んだ。が、天才肌のクリエイタータイプで経理や契約といったビジネスの実務面に不安の残る喜一をどうしても放っておけず、正式にレオ&ベルを手伝う覚悟を決めた。結果的にあの選択は正しかったようだ。会社は順調な成長を遂げてきたし、今、さらに大きな飛躍のチャンスをつかんだところだ。

（あと一週間で新年度か。来期は正念場ね！）

ひそかに気合いを入れ直したところで、自分を呼ぶ声が聞こえた。

「山根さん」

「はい」

理子は声の主に顔を向ける。

「修理、終わりました。またなにか気になるところがあれば、いつでもご連絡ください」

爽やかな笑顔で報告してくれる男性は、レオ＆ベルが契約しているオフィス機器リース会社の営業担当だ。複合コピー機が故障したので修理を頼んだのだ。

「どうもありがとうございます。いつも助かります、加賀さん」

彼は理子と同世代か、もしかしたら年下かもしれない。気さくな人で、マメにあいさつにも来てくれるからすっかり顔なじみだ。

雑談をしながら、エレベーターの前まで見送りに行く。

「は、は、くしょんっ」

会話の途中で加賀が盛大なくしゃみをした。彼は慌ててポケットからティッシュを取り出すが、あいにく中身は空っぽだった。

「もしかして花粉症ですか？」

理子は違うが、レオ&ベルの社員にも悩まされている者が多く『今日は飛散量が殺人級だよ』なんて話を聞いたばかりだった。

「……はい。朝、大量のティッシュを準備して家を出るんですけど、夕方には足りなくなります」

彼は手の甲で鼻を押さえながら弱ったように眉尻をさげる。

「これ、よかったら」

理子はジャケットのポケットに入れてあったものを彼に差し出す。隣に入居している企業のロゴが入ったポケットティッシュ。何日か前に、キャンペーン用に作ったものの余りだということで結構な量をいただいたのだ。

「あぁ、ありがとうございます！　これで社に戻るまで、どうにかしのげそうです」

おおげさに喜ぶ姿がおかしくて、理子は思わず口元を緩める。

「お役に立ててよかったです。それじゃ、お気をつけて」

「山根さんっ」

理子のあいさつを遮って、彼は少し大きな声を出した。やけに緊張したような顔をしている。

「はい？」

「あ、あの……ティッシュのお礼に今度、お茶でも……」

「え？　見てのとおり、お隣の企業からのもらいものです。オフィスに戻ればまだ大量にありますし、お気になさらず」

そう答えると、彼はシュンと肩を落とす。その後、意を決したようにもう一度理子を見つめた。

「すみません。お礼はただの口実です。本当は山根さんと仲良くなりたくて！」

翌日の土曜日。うららかな昼さがりのティータイムを、理子は友人の本庄葵と過ごしている。

「お待たせいたしました」

黒いギャルソンエプロンをつけた女性が、ふたりの座る席にクリームたっぷりのシフォンケーキとダージリンティーの入ったガラスポットを運んできてくれた。

「ありがとうございます！　さてと」

葵は店員に礼を言ってから、自身の緩くウェーブのかかった長い髪をシュシュでまとめる。ケーキを食べるための準備だろう。

彼女は大人っぽい、華やかな美人なのでロングヘアがよく似合う。白いシャツにデニム、紺色のトレンチコートというシンプルなファッションもさまになっていて、こうしてオープンカフェのパラソルの下にいるとモデルの撮影現場のようだ。

葵との出会いは六歳。名家の子どもたちが集まることで有名な、秀応院学園初等部の教室でのことだった。それからずっと親しくしている、二十年来の大親友だ。

大きく開けた口に葵がケーキを放り込む。

「ん～。やっぱりここのシフォンケーキは絶品！」

彼女の笑顔は大輪の花のようで、とにかく人目を惹く。対する理子も、決して地味な容姿というわけではない。

目鼻立ちはくっきりしていて、輝きの強い栗色の瞳が明るい印象を与える。セミロングのブラウンヘアはとくにセットもせずにおろしただけだし、メイクも薄くファンデーションをはたいて唇に赤みを足しただけ。

それでも、どこかオシャレな雰囲気を醸し出せるのは『コケティッシュの代名詞』と称された母譲りの愛嬌のおかげだろう。

そんな葵と理子がふたりでいると結構目立つ。今も店内にいるほかの客がチラチラとこちらに視線を向けているが……気がついているのは理子だけのようだ。葵のほうは一心不乱にフォークを口へと運んでいる。

(この鈍さは天然記念物ものよね)

葵の鈍感さに苦労させられている人間がいることはよく知っているけれど、理子は彼女のこの性格に救われた。彼女は『女優の娘』ではなく『山根理子』と仲良くなってくれたから。

「それで、りっちゃんとその取引先の彼はいつデートするの?」

葵がパッと顔をあげた。テーブルにケーキが届いたことで一時中断になっていた話を再開するつもりのようだ。『りっちゃん』は、初等部時代から変わらない理子の愛称だ。

「それがね……断っちゃったのよ」

「えぇ?」

葵はがっかりと言わんばかりに、綺麗(きれい)な顔を曇らせる。

「たった今、見た目も爽やかだし、性格もまっすぐでいい人だって褒めていたのに? てっきり、のろけ話だと思って聞いてたよ」

「そうなのよ。私もなんで断っちゃったのか、自分でもよくわからなくて……」

加賀のことは嫌いじゃない。むしろ好みのタイプだと初対面のときから思っていた。

恋人はいないし、彼とのデートにはなんの障壁もないはずなのだが。

「ピンとこなかったの。彼とデートする自分が全然、想像できなくて」

「う～ん。ときめかないってこと？」

「そう、それ！」

色恋に疎い葵から的確な言葉が出てきたことに少し驚いたけれど、まさにそのとおり。恋愛のドキドキ、胸がキュンと締めつけられるような感情の揺れがまったく起きなかったのだ。

「加賀さんが悪いわけじゃないと思う。私自身の問題で、なんかこう……枯れちゃったって感じ？」

自分で言っていて、むなしくなってきた。まだ二十六歳、恋愛適齢期のはずなのにいったいどうしてしまったのか。

「仕事に情熱を注ぎすぎかな？」

喜一が事業を始めてからというもの、理子もすっかりワーカホリックなのは事実だ。もちろん困難もあったけれど、レオ&ベルはどんどん大きくなっていったので楽しくて仕方がなかったのだ。

葵はクスクスと笑う。

「りっちゃん、昔は恋にパワフルだったのにね。ほら、中等部から付き合っていた天沢先輩とか！」

天沢先輩。その響きに理子の胸がドクンと鳴った。

「秀応院はすごいおうちの子がいっぱいいたけど……なかでも彼は別格って感じだったよね。あの天沢グループの御曹司で、なのに性格もちっとも気取っていなくてさ」

そう言う葵自身も由緒正しい旧華族、本庄家のお嬢さんだ。秀応院の同級生はそういう子たちばかりなので、当時の理子はちょっと劣等感を覚えてもいた。

（『私たちは芸能人の娘とは違う』って感じの、露骨な視線を向けられることもあったしねぇ）

とはいえ今から考えれば、あれは〝天沢先輩の彼女〟の座をゲットした理子への嫉妬だったのだろう。天沢深雪は、それだけ特別な存在だった。

黙り込んでしまった理子に、葵が首をかしげる。

「え？　まさか忘れちゃったの、天沢先輩のこと」

「あはは。いたねぇ、そんな相手も」

すっかり忘れていたかのような口ぶりで笑ったけれど、本当は真逆だ。彼との日々は理子の脳裏に鮮やかに刻まれている。

（だって、恋人だったといえる相手は彼だけだもの……）

深雪が隣にいてくれたのはもう十年も前のことなのに、穏やかで優しい笑顔を今でもすぐに思い出すことができる。彼の前ではいつも胸が高鳴って、苦しいほどだった。

大親友で、なんでも相談してきた葵にも深雪との別れについては詳しく語らなかった。葵を信用していないわけではなく、言葉にするのが怖かったからだ。向き合ったら余計に傷口が広がる気がして、だから封印した。

「りっちゃん？」

すっかり過去に浸ってしまった理子の顔を葵が心配そうにのぞく。

「あ、ごめん。なんでもない。葵は最近どうなの？」

「私はね～」

その後は他愛ない雑談を延々と続け、店員の目が冷たくなってきた頃に慌ててカフェを出た。ブラブラと街を歩きながら、またお喋りをして……あっという間に夕方になってしまった。

「次は藤吾くんとゴンちゃんも誘って集まろっか」

「いいね！」

東雲藤吾とゴンちゃんこと権俵栄太も、秀応院学園時代の友人だ。

「藤吾くんには葵から伝えておいてね」

「どうしてよ？　別に私たち、しょっちゅう会っているわけじゃないからね」

葵と藤吾の話になると、理子はついニヤニヤしてしまう。ふたりは友達以上恋人未満の関係を長いこと続けているのだ。

（くっつきそうで、くっつかない。第三者としては楽しくもあるけど、いいかげん藤吾くんが不憫（ふびん）かなぁ）

葵の鈍感ぶりに苦労している人間の筆頭が彼だ。もっとも、彼が素直じゃないのも悪いのでお互いさまってやつかもしれない。

「じゃ、またね～」

葵に手を振って、理子は駅の改札を抜けた。

ひとりで電車に揺られながら、葵と藤吾の未来に思いをはせる。

（好きのひと言で、全部うまくいくはずなのになぁ。でもまぁ……）

そんなふうに簡単に考えられるのは人の恋路だからだ。自分の恋となると途端に臆病になって、タイミングを逃したり道を誤ったり。人間なんてそんなもの。理子だって例外じゃない。

（あのとき、もっと素直になれていたら……同じ失恋でもこんなに引きずらなかった

かもしれないな）

十年前の、大好きだった彼との別れを思い出す。

『実は、ほかに気になる人ができちゃって』

『そばにいられない恋人ってあんまり意味ないと思うし』

そんな嘘を彼に投げつけた。

十六歳の自分は幼く未熟だった。くだらない見栄と意地のために素直になれず、後味の悪い終わりを迎えた。

あの頃の理子には、ふたつ年上の深雪はとても大人に見えた。でも彼だって、当時はまだ十八歳の高校生。嘘の裏にある理子の本音など、気がつくはずもない。

大失恋より半端に終わった恋のほうが傷痕が残ると、どこかで聞いた覚えがある。

誰が言ったのかは知らないけれど、その心情はよくわかる。

不完全燃焼な思いは、心の奥底でずっとくすぶり続けて消えないのだ。

「——雪くん」

ぽつりとこぼした彼の名前が理子の胸を締めつけた。

四月。ようやく満開になった桜を散らす春の嵐とともに、レオ&ベルにも創業以来の大ピンチが訪れた。

「ええ、手を引きたいって……堀星企画さんが⁉」

「そう。さっき担当者が出向いてきて、『申し訳ない』って菓子折りくれたよ」

顔半分を覆ってしまうほどに伸びたボサボサの髪、絶妙にサイズの合っていないシャツはヨレヨレ。おまけに足元は健康サンダル。我が兄ながら絶望的にセンスがない、と理子はため息をつく。

喜一も自分と同じで、日本人としては髪も瞳も色素が薄い。理子をより、あっさりさせたような顔立ちだ。スタイルだって別に悪くない。ちゃんとすれば化けるタイプだと思うけれど、本人にその気がないのでどうしようもなかった。

「ほら、理子の好きな山下屋のカステラ」

言って、彼はうぐいす色の包装紙がかかった菓子箱を差し出す。

(たしかに山下屋のカステラはおいしいけど……)

よかったねとでも言いたげな、のんきな兄の顔を理子は唖然として見つめる。

「いやいや、待って。ここまで準備を進めていたのに今さら白紙？　カステラごときで納得できるものじゃないでしょう」

新年度を迎えたレオ&ベルは、さらなる飛躍のため社員一丸となって新規事業の成功に尽力しているところだった。新しく始めるのは、映画に特化した配信サービス。どこのサービスでも配信されるようなビッグタイトルだけでなく、海外のマニアックな作品や単館映画などもラインナップに加えることが最大のウリだ。

近年すっかり数の少なくなってしまった、ミニシアターの代替サービスとしての需要を見込んでいる。利益率重視の大手企業は手を出さないからこそ、勝機があると踏んだ。

映画監督だった父の影響で、喜一も理子も映画オタク。この事業は念願でもあったし、かなりの熱意と時間を捧げている。

だが、自社だけで完結できていたアプリ開発とはまったく異なり、権利関係も複雑で難しい問題も多い。必要資金もこれまでの事業とは桁が違う。これらをクリアするために必要不可欠なのが、パートナーになってくれる企業の存在だ。

幸い、近頃の喜一は『天才肌のIT起業家』として世間からの注目度も高かったので、興味を示してくれる企業はいくつかあった。そのなかでベストと思って組ませてもらったのが堀星企画なのだ。テレビ局の系列会社で、国内最大手の映像配信サービスを運営している。そのノウハウを存分に学ばせてもらおうと思っていたのに……。

「本当に提携NGになったの？」

どっきり企画であるというわずかな可能性にすがって、理子は聞く。

「つい先日、親会社のテレビ局の社長が代わったんだって。で、新社長の方針によりNGだそうです」

「そ、そんなぁ～」

誇張ではなく、理子は本当に膝から崩れ落ちて床に両手をついた。ちらりと視線をあげて喜一の顔色をうかがう。彼はいつもどおりの涼しい顔で、信じられないことに唇はかすかに弧を描いている。

「お、お兄ちゃんは……どうしてそんなに平然としてるのよ⁉ ここまできてパートナー企業がいなくなったら最悪の場合、うちは倒産よ！」

「まぁ、そうだね。これまでの事業で儲(もう)けたぶんも結構突っ込んじゃったしなぁ」

「お兄ちゃん！ パチンコで数万円負けるのとは、話が違うからね。わかってる？」

立ちあがった理子は喜一の両肩をつかみ、グラグラと揺らす。

「わかっているけどさ。悲鳴をあげて頭を抱えたって、堀星企画は戻ってきてくれないだろうし」

まさに悲鳴をあげて頭を抱えていた理子は、ムッと唇をとがらせる。

（お兄ちゃんのこういうところ……）

父の不倫報道でメディアが押しかけてきたときも、その父の莫大な借金で自宅を手放すことになったときも、母がいきなり若い男との再婚を宣言したときも。喜一はにがあっても、飄々としていて自分のペースを崩さなかった。毎度、感情豊かに振り回されている理子としては、頼もしいより憎たらしいの気持ちが勝つ。

「ま、なんとかなるよ」

にっこりと笑う喜一に、理子は大きなため息を落とした。

起業してから早数年。たしかにこれまでも、彼が『なんとかなる』と言ったことはどうにかなってきた。でもそれは社長である喜一が敏腕だから……では決してなく、理子や社員たちが駆けずり回ってどうにかしたからなのだ。

(でも、社長のためにってみんなに思わせちゃうのも、ある意味では才能かも)

喜一を変えるのは不可能と悟り、理子は気持ちを切り替える。

「わかったわよ。とりあえず興味を示してくれていたほかの企業に、もう一度声をかけてみる」

堀星企画にすがりつくより、新しいパートナー企業を探すほうがまだ可能性がありそうだ。堀星企画以外にも提携を申し出てくれた会社はあったから。

だが、理子の提案に喜一は渋い顔をした。

「以前に手をあげてくれたところじゃなく、新規を当たったほうがいいと思う」

「どうして？　すでに事業内容を把握してくれている企業のほうが話も早いでしょう？」

喜一はボサボサの髪をくしゃりとかきあげる。

「みんなが欲しがるケーキは実際以上においしそうに見えるけど、誰かが食べ残したものは途端に色あせて感じるってこと」

「そのケーキってうちの新事業？　不吉なこと言わないでよ！」

だが、喜一の不吉な予言は現実となった。

「そう、ですよね。いえ、またご縁があればぜひ。よろしくお願いいたします」

通話を終えた理子は手元のリストに大きくバツ印を書く。これでリスト上のすべての企業にバッテンがついてしまった。

（当初に興味を持ってくれていた企業は全滅かぁ）

喜一の言ったとおりだ。映像配信サービスでは大手である堀星企画が手を引いたのなら、たいしたうまみはない。そう判断されてしまったようだ。それに「ほかがダメになったからお願いします」というのも、やはり虫がよすぎるのだろう。

「理子さん。これ、新規で声をかけられそうな企業リストです」

「ありがとう。仕事が速くて助かる！」

資料を渡してくれるのは入社二年目の若手社員、牧野希だ。

レオ＆ベルは創業当初から企画開発系の業務は喜一、彼が苦手とする営業、経理、法務などは理子と役割を分担してきた。今も基本的にはその体制で、それぞれのチームにメンバーが増えたという感じだ。有名大学卒で、どうしてうちみたいな小さな会社に？と疑問に思うほど優秀な希は、理子のチームの一員。

彼女が作成してくれた資料に理子は素早く目を通す。

（落ち込んでる暇はないもんね。とにかく、どんどん声をかけてみよう！）

リストには、話を聞いてもらうことすら難しそうな大手企業から、レオ＆ベルと資金力にそう差はなさそうな小さな会社まで様々な企業名があげられていた。

こちらも選り好みできる余裕はないので、片っ端から電話やメールで連絡を取って企画書を送りつけた。

（興味を持ってくれるところが出てきますように！）

面倒がる喜一を強引に連れ出し、近所の神社で神頼みまでした。理子の必死の形相に神さまが恐れをなしたのか、驚くべき奇跡が起きた。

「リルージュ？」

「はい！　あの、国内最大手の総合エンターテインメント企業ですよ！」

リルージュから電話を受けたことを報告してくれる希の頬は紅潮していて、興奮ぶりが見て取れる。

理子もびっくりしてはいるが、彼女と違って手放しで喜べる心境ではない。

（リルージュかぁ……）

「えっと、そもそも声をかける企業リストにリルージュの名前なんてあった？」

「いえ、さすがに無謀だろうとリストには入れていませんでした」

「だよね」

旧財閥系天沢グループを代表する企業のひとつ。飛び込みで声をかけるには、あまりにもハードルが高い。

「それがどうして？」

「リルージュの孫会社に当たる、小さな広告代理店に声をかけていたんです。そこから話が伝わって、提携を前向きに検討したいと向こうから申し出があったんですよ」

予想もしていなかった事態で、希にどう答えていいのか判断がつかない。

「やりましたね。実現すれば堀星企画よりずっと心強いパートナーじゃないですか」

「う、うん」

喜ぶべきことだと頭では理解している。けれど〝天沢グループ〟という単語が理子の頭のなかをグルグルと回って、冷静な思考の邪魔をする。

(天沢グループは巨大だもの。雪くんに会う可能性なんて万にひとつより小さいはず。大丈夫、大丈夫)

私的な理由で社員の努力を台無しにすべきではない。自分にそう言い聞かせて、すぐにアポを取るよう希に依頼した。

そして今日。理子と喜一は日比谷駅前にあるリルージュ本社を訪れた。

いつもは普段着で仕事をしている喜一も今日はさすがにスーツを着ている。多少は凛々しく見えて、なんだか新鮮だ。

「よし！　気合い入れていこうね、お兄ちゃん」

立派な自社ビルに気後れしそうになる自分を奮い立たせるために、理子はパンと軽く頬を叩(たた)いた。緊張している理子とは対照的に、喜一はいつもどおりのテンションで「そういやさぁ」と気の抜けた声を出す。

「天沢グループって深雪くんちだよね？」

理子の胸が大きく跳ねる。それを知ってか知らずか、喜一はへらりと頬を緩ませた。

「長いことアメリカだって聞いているけど、元気にしてるかな？」

（どうしてそれを、今このタイミングで言うわけ⁉）

理子の額に浮かぶ青筋に喜一はまったく気がつかない。

（リルージュと雪くんの関係を、私は必死に考えないようにしてきたのに）

「天沢グループはとんでもなく大きなグループだもん。雪……私たちの知っている天沢先輩とリルージュはなんの関係もないに等しいわよ」

「まぁ、そうだけどさ。なんか理子、機嫌悪くないか？」

「別に！」

冷たい声で吐き捨ててから、喜一と一緒に受付で名前を告げる。電話でやり取りをしていた担当の男性がすぐに迎えに来てくれた。

「お待たせいたしました。リルージュ事業企画室の近藤（こんどう）と申します」

三十代半ばくらいの、いかにもやり手といったオーラの漂う人だった。

「こちらこそお時間をいただき、ありがとうございます」

簡単な自己紹介を済ませると、近藤の案内でエレベーターに乗り込む。

「三階の応接室にご案内します。それと、上の者が同席したいと申しておりまして構わないでしょうか？」

「もちろんです」

理子はほほ笑みながら、心のなかでガッツポーズをした。

近藤の肩書きは課長。その彼より上役が同席してくれるということは……先方はこの提携にかなり乗り気と見ていいのではないだろうか。

隠しきれないホクホク顔で、理子は応接室に足を踏み入れた。

「どうも、はじめまして」

よく通る涼やかな声が耳に届く。なかで待っていた人物が立ちあがり、こちらに顔を向けた。その眼差しに射貫かれて、理子はぴたりと動きを止めた。

喉がヒュッと締まって声が出ない。

（嘘、でしょう）

ふわりと柔らかそうな黒髪、理知的な瞳、甘さのある口元。静かなのに、いやにすごみのあるオーラをまとっている。間違いなく天沢深雪、その人だった。

彼はちらりと理子を一瞥（いちべつ）したけれど、表情はピクリとも動かない。すぐに喜一に視線を移し、にこやかに握手を求めた。

「天沢です。今日は噂の天才起業家、山根喜一さんにお会いできるのを楽しみにしていました」

理子はもちろん喜一だって、あの深雪であると気がついている。でも、深雪のほうはふたりのことなど綺麗さっぱり忘れ去っている様子だった。

ならば、話を合わせるべきと喜一は判断したのだろう。初対面というていで、握手に応じている。

「天沢はつい先日まで、天沢グループの米国支社で勤務しておりました。まだ公表前なので内密にしておいてほしいのですが……六月にはリルージュの社長に就任する予定です」

近藤が声をひそめて説明する。けれど、彼の声は理子の耳を通り抜けていくばかりだ。

まさかの再会、そして彼は自分のことなどすっかり忘れている。予想もしていなかった状況に、脳が機能停止してしまったようだ。

口下手な喜一に代わり、いわゆる営業的な仕事はいつも理子が担当している。だが、今日の理子は使いものにならないと察したのだろう。喜一が自ら、新規事業についてプレゼンする。

読みどおりリルージュはこの提携に前向きで、むしろこちらの想定以上の大きな成果を狙っていると話してくれた。

「映像コンテンツ配信の分野は、海外企業に大きく水をあけられているのが現状ですよね。でも、うまくやればまだシェアを取り戻す余地はあると考えています。天沢グループは米国にも経営基盤があるので、そこも最大限に利用して……」

深雪の口からよどみなく語られるビジネスプランは堀星企画と考えていたものよりずっと大きな挑戦で、話を聞いている喜一の瞳がどんどん輝きを増していく。こういう顔をするときの彼は、とんでもない能力を発揮するのだ。

この事業は大成功をおさめるかも。そんな予感がした。

リルージュが興味を示し、パートナー企業に名乗りをあげてくれた。飛びあがって喜びたくなる大きな成果なのに……理子の胸中は複雑だった。

(雪くんがリルージュの新社長かぁ)

今日は初回の顔合わせだからであって、今後の打ち合わせにも彼が同席する可能性はまずないだろうが、それでも心にさざ波が立つ。

(まだ子どもだった、十代の頃の恋人。忘れていても仕方ないよね)

そもそも恋人だったと思っているのは理子だけかもしれない。付き合いは二年ほど続いたけれど、キスすらもしない清すぎるお付き合いだったから。

(彼のなかで、私は元カノですらないのかも)

喜一と談笑し「ははっ」と白い歯を見せた深雪を、理子はちらりと横目で見る。視線がじっとりとした色を帯びていたのだろうか、彼はすぐに気がついて「なにか?」と理子に声をかけた。愛想笑い百パーセントの、温度の低い笑顔。

「いえ、失礼いたしました」

(あぁ、本当に覚えていないんだ)

恥ずかしさとみじめさから、理子はその身を小さくした。膝の上で握った自身のこぶしを見つめて、どうにか思考を切り替える。

(いや、これでよかったのよ。下手に覚えられていたら、仕事がやりづらくなった可能性もあるわけで)

「山根さん? なにか懸念事項がありますか」

眉間にシワを寄せてうつむいていた理子の様子を近藤はそう解釈したようだ。理子は慌てて、顔の前で手を振った。

「いえいえ! あまりにもありがたいお話なので少し驚いてしまって」

今は仕事に集中すべきだ。その当たり前すぎる事実にようやく思い至る。

「それはよかった」

近藤の隣で、深雪が満足そうに目を細めた。

（彼は雪くんじゃない。大切なパートナー候補企業の次期社長！）

「提携の条件面なのですが、こちらからもいくつか確認してよろしいでしょうか？」

やっとビジネスモードの顔と頭を取り戻して、理子は落ち着いた声で話を始めた。

二章　復讐をもくろまれているようです

リルージュとの面談は一時間半ほどに及んだ。内容や条件に関して双方の認識に大きな差異はなく、十分に折り合える範疇だった。

「それじゃあ、正式な提携に向けてスピード重視で進めていきましょう」

その深雪のひと言で、今日の打ち合わせは終了となった。「ではお見送りを」と立ちあがった近藤を深雪が制する。

「おふたりの見送りは自分がするよ。ちょうど、このあとは外出予定だから。近藤くんは、今の打ち合わせ内容を部長に報告しておいてくれないか？」

「かしこまりました。それでは、私はここで失礼いたします」

応接室を出たところで近藤は去ってしまい、三人だけになった。下へおりるエレベーターを待つ間に、喜一がけろりとした顔で言い放つ。

「で、深雪くんはいつまで初対面のふりを続けるつもりなの？」

理子はギョッとしたけれど、深雪は「あははっ」とおなかを抱えて笑い出した。

「いやぁ。変わってないな、喜一は。その飄々とした感じ、懐かしいよ」

くしゃりと目尻のさがる笑い顔、よく知る〝雪くん〟がそこにいた。

「企画書に名前があったし、会う前から気づいてはいたんだけどね。でもこれはビジネスだから、互いに昔なじみの情は捨てて判断したほうがいいと思って」

「まぁ、言いたいことはわかるけど」

どうも納得できていないようだ。喜一は探るような目で深雪を見る。その眼差しを余裕の表情で受け止めて、彼はクスリと笑った。

「理子は……俺が本気で忘れていると思ったようだね？」

深みのある黒い瞳、彼はその真ん中で理子をとらえた。ドキドキという自分の鼓動がいやに大きく聞こえる。

「だっ、て」

言葉が続かない。深雪が自分たちを覚えていたこと、喜ぶべきなのか、困った事態なのか……。

「忘れるはずないだろう」

一段低くなった声が理子の脳に直接響く。長い間くすぶり続けていた小さな炎に、ぶわりと強い風が吹いたような気がした。

「君と過ごした時間は……大切な思い出なんだから」

彼の台詞にかぶせてエレベーターの到着を告げる高い音が響いた。

(——おも、いで)

静かにくだっていく小さな箱に同調して、理子のテンションも下降する。

レオ&ベルのオフィスに戻るとすぐに、リルージュとの間で交わす契約書の準備を進めた。深雪から離れ、仕事に集中しているうちに少しずつ冷静さが戻ってくる。

(大切な思い出。そんなふうに言ってもらえて、いったいなんの不満があるのよ?)

どうしてあの瞬間、自分はショックを受けたのだろう。

(大切なんて素敵な言葉をもらえる資格、私にはないのに)

自分たちが後味の悪い別れ方をすることになった原因は、ほぼ百パーセント理子の側にある。深雪はなにひとつ悪くなかった。だから彼にとっては〝嫌な思い出〟になっていてもおかしくはない。『大切な』と言ってもらえたことに感謝すべきなのだ。

だけど……深雪のなかではとっくにかたがついた、美しい過去になってしまっている。その事実が理子の心の柔らかな部分をえぐった。

「十年も経ったんだもの。当たり前よ」

自分に言い聞かせるように、そうつぶやいた。

それから一週間。気持ちに整理をつけて、契約書の準備も整えた。そろそろ近藤にアポ取りしようと思っていた矢先、深雪から電話で連絡が入った。

「私ひとりで、ですか？」

『あぁ、条件の細かい調整程度だから。実務的な部分は君が担っているのだろう？』

「はい、それはたしかに」

『なら決まりだ』

彼はやや強引に話をまとめた。明日の夕方五時、理子ひとりでリルージュ本社、最上階の役員室に出向くことが決まった。

翌日。約束の五分前に理子はリルージュを訪ねた。大きなトートバッグのなかには契約書の案文も入っている。前回の応接室より格段に立派な、役員室の重そうな扉の前で理子は深呼吸をひとつする。速まる鼓動は、レオ&ベルが重大な局面に立っているからであって、決して理子個人の問題ではない……はず。

「レオ&ベルの山根です。失礼いたします」

最初は予定どおりビジネスの話をしていたのだ。契約書の案文を彼にも確認してもらって、文言について質問されたことに理子が答えていく。

万事うまくいったと思っていたのに、突然ちゃぶ台をひっくり返された。

『そう、君が俺の妻になること。それが提携の最後の条件だ』

『理子、君への復讐だよ』

たった今深雪が発した言葉が、頭のなかで何度もリフレインする。

首筋に残る彼の刻印が燃えるように熱い。理子の瞳は心の惑いのままに揺れていた。

「結婚が……復讐？」

クスクスと深雪は楽しそうに笑う。

「復讐はちょっとおおげさかな。けど、俺は君に思うところがある」

含みを持たせた口調で言って、彼は理子の顎にクイと指をかけた。

「それは、君が一番わかっているはずだ」

冷たい視線が理子を貫く。

「といっても強制はできないし、しないよ。俺と結婚して我が社と提携するか、どちらもなしにするか、君が決めればいい」

これも復讐の一環なのだろうか。彼はさらりと酷な決断を迫った。

「あなたの妻になる。それは……ただ婚姻届を出せばいいという意味ですか？　ほかに私に求めることは？」

「別に難しいことは望まない。世間が天沢深雪の妻に期待する、従順で貞淑な女でいてくれればね」

山根理子は求めていない。そんなふうに言われた気分だった。

「世間が望むということなら、私は不適格でしょう。天沢家とはとても釣り合いが取れません」

これだけで彼には伝わるはず。まだ十代半ばのかわいいお付き合いだった頃ですら、周囲から言われていた言葉だから。

「その心配はない。この結婚はリルージュに、ひいては天沢グループにも利益をもたらす。誰にも文句は言わせないよ」

なんの迷いもなく、深雪はきっぱりと言い切った。

十年前にはまだなかった、圧倒的な自信が今の彼には宿っている。それを裏づける実力も備えているのだろう。

(あの頃とは違う。彼が結婚すると言えば、それは実現されるんだ)

理子はどうにか声を絞り出した。

「少しだけ、考える時間をください」

「いいよ。ただ、そう長くは待てない」

彼は遠くを見る目で、自嘲気味に笑った。

「昔の俺は気が長いのが取り柄だったな。大切なものなら、いつまでも待った」

彼がなにを言いたいのかよくわからず、理子は黙って続きを待つ。

「けど今は違う。欲しいものは、強引に奪ってでも手に入れる」

キスを落とすかのように、彼の顔が近づいてくる。

「……以前とは別人みたいですね」

思わず本音がこぼれてしまった。理子の知るかつての恋人と、目の前に立つ彼はまったく別の人間のように思えた。

深雪の美しい顔がクッとゆがむ。

「俺が変わったとすれば、それは君のせいかもしれないよ？」

二週間以内には必ず返事をする。彼にそう告げて、リルージュをあとにした。

時間的に直帰の予定にしていたので、そのまま電車に乗り込んだ。自宅はレオ＆ベルのオフィスがある渋谷からもほど近い、私鉄沿線の住宅街だ。電車をおりた理子は賑やかな商店街を抜けて歩き出す。

喜一と暮らすマンションは、駅から徒歩十五分と少し距離がある。

（やっぱり、もう少し駅近だと便利よね）

両親の離婚を機にふたり暮らしを始めて、もう八年だ。レオ&ベルが順調に成長したおかげで今は懐事情にも余裕が出てきたし、別々に暮らしてもいいのだが……。いつでも仕事の相談ができる便利さと、生活能力皆無の喜一をひとりにする不安から、いまだその決断には至っていない。

(う～ん。でも私が甘やかすから、お兄ちゃんは彼女のひとりもできないのかも。いいかげん離れて暮らすべきかなぁ)

ふと、脳裏に深雪の顔が浮かんだ。結婚の条件を受け入れたら、自分は彼と暮らすことになるのだろうか。

(復讐……雪くんは私を恨んでいるってこと?)

かつての記憶が蘇る。

＊　＊　＊

山根家の広々としたリビングルームの床には、映画監督の父が撮影でトルコに行ったときに衝動買いしてきた絨毯(じゅうたん)が敷かれている。来客が多いので、ソファセットはゆったりとした四人掛けをふたつ設置。ブルーグレーの壁には印象派の絵画、ガラス製の飾り棚には夫婦がそれぞれ獲得したトロフィーなどが並ぶ。成金っぽさの否めないインテリアではあるけれど『このくらい派手なほうが誌面では映えるのよ!』と舞台女優の母は言う。時々ある自宅での撮影に備えて、普段から豪華にしておくということらしい。

そんな仕事しか頭にない母、夕子(ゆうこ)がいそいそとキッチンに入っていく。

「理子。紅茶飲まない? いい茶葉をもらったのよ」

「え、お母さんが入れてくれるの?」

ソファでだらけていた理子は嫌な予感を覚えた。夕子が〝らしくない〟行動をするときは要注意なのだ。

「塾の時間を増やす?」

案の定だった。

紅茶を運んできてくれた彼女の口から嫌な話題が飛び出し、理子は顔をしかめる。先日、中等部にあがって初めての学力テストがあり、たしかに……成績優秀とはいえない結果だった。けれど、理子が通うのは秀応院だ。代々医者やら政治家やらをしている名家、上場企業の創業一族、選りすぐりのエリートの子女ばかりが集まっているのだ。そのなかで平均よりやや劣る程度なら、健闘しているほうじゃないだろうか。

「がんばっているのはわかるけど、喜一と比べると理子の成績はちょっと心配だもの」

夕子が珍しく母親っぽいことを言った。

「お兄ちゃんと比べないでよ。あっちは突然変異みたいなものなんだから」

父も母も一芸に秀でており、その点は本当に尊敬しているが学力面で優秀だったという話は聞いたことがない。喜一が例外なのだ。

「じゃあ、やっぱりもう一度事務所に入って女優をやらない？　母娘共演でぜひやりたい演目があるのよ～」

塾をすすめるときより口調が数段ウキウキしている。

（まさかこっちの話が本命？）

「入らないし、やらない」

理子は即座に否定した。

「冷たいわねぇ。でも、それならお勉強はしっかりしてね。塾が嫌なら、喜一に見てもらってもいいわよ」

「お兄ちゃん、絶対『面倒』って言うと思う。大丈夫、自分でちゃんとやるから」

理子は拒否の姿勢を貫いた。塾はすでに週一で通っていて、これ以上増えると映画を観る時間が減りそうで嫌だった。

もともと夕子はそう教育熱心でもない。きっと気まぐれに思いついただけで、次の舞台の稽古が始まればすぐに忘れるだろう。そう予想していたのに……。

「どうも。今日からよろしくね、理子ちゃん」

山根家の玄関で靴を脱いだ彼が理子にほほ笑みかける。

(天沢先輩……本物だ)

彼は同じ学校のふたつ年上の先輩。深雪のほうはもちろん理子を認識していなかっただろうけれど、こちらはよく知っていた。

眉目秀麗(びもくしゅうれい)な天沢グループの御曹司。秀応院の生徒で彼を知らない者はいない。

喜一の代わりに勉強を教えてくれる子が見つかった、夕子はそんなふうに言っていた。それが彼なのだろう。

「素敵なおうちだね。この位置からの眺めが素晴らしいな」

玄関から続く廊下の片側は、背の高い掃き出し窓になっていて庭を眺めることができる。晴れた日は柔らかな陽光が差して心地よいし、しとしと降る雨音を聞くのも風情があって悪くない。理子も気に入っている場所のひとつだ。

「ありがとうございます」

もちろん社交辞令と理解しているけれど、彼の言葉はちっとも嫌みっぽく聞こえなかった。お世辞まで洗練されている。

（ふたつしか違わないのに、大人だなぁ）

そのとき、理子の足に温かなものが触れた。続いて「ナァ～」という甘えた声。

「レオ！」

山根家で飼っている猫だ。ベンガルという種類で、猫にしては大きい。チーターや豹を思わせる斑点模様と、運動能力の高さが特徴だ。ベンガルはツンとした外見に反して甘えん坊な子が多いと言われているけれど、レオは性格もツンツンしている。でも飼い主目線だと、そんな彼が時折甘えてくるのがたまらなくかわいい。

理子はその場にかがみ、彼の顎を撫でる。

「お客さまよ。ごあいさつして」

「こんにちは、レオ」

深雪が紳士的なあいさつをする。けれどレオはフイッと顔を背けて、これみよがしに理子にだけすり寄った。

「あはは。すっかり嫌われたみたいだ」

「すみません。この子、気位が高くて。実はもう一匹いるんですけど……」

レオの相棒であるベルの話をしようとしたところ、タイミングよく彼女がやってきた。ベルはメスで、レオと同じくベンガルという種類の猫だ。レオより色の薄い、グレーがかった体毛を持つ。

「おいで、ベル！」

理子が呼ぶと、女王さまみたいな優雅さでこちらに歩いてくる。

「美人さんだ」

深雪が笑う。猫嫌いではないようで安心した。ベルはレオより優しい性格だけれど、臆病で神経質な一面がある。やっぱり、深雪にはあまり懐かなかった。

「気を悪くしないでくださいね。この子たちは兄が選んだんですけど、愛想のなさが決め手だったんです。おかしいですよね」

当時の兄は小学校にあがったばかり。我が兄ながら変わり者だと思う。それを聞いた深雪がふっと白い歯を見せた。

「いや、わかる気がするよ」

「そうですか？」

理子は彼を見つめる。深雪の瞳がいたずらっぽく光った。

「うん。そのほうが……意地でも振り向かせたくなるから」

ドキンと心臓が跳ねる。

(猫の話とわかっていても、かっこいい人のこういう台詞は破壊力あるなぁ)

自分に向けられた言葉でもないのに照れてしまう。

部屋に案内するのは恥ずかしいので、リビングで勉強を見てもらうことにした。向かいに座った彼が言う。

「うちの母が君のお母さんの大ファンでね。先日なにかのパーティーで一緒になったときに、理子ちゃんの話になったようだよ」

天沢グループはいくつも劇場を持っているので、そういう繋がりで深雪の両親と夕子は面識があったらしい。

「というわけで……これから週に一度、一緒にがんばろう」

教えてあげる、と言わないところに彼の謙虚さが表れていた。

「ありがとうございます、助かります」

無難に受け答えをしつつも、理子は内心では面倒なことになったと弱っていた。別に彼に恨みがあるわけではないのだが……学校の王子さまに不用意に近づいて、女子の反感を買うのは避けたい。

(それでなくても、両親が芸能系の仕事ってだけで浮き気味なのに)

伝統と格式を重んじる秀応院にあっては、映画監督だの舞台女優だのは異分子でしかない。そういう陰口を叩かれるのは、もはや慣れたもの。だが、これ以上あれこれ言われる要素を増やしたくはない。

（本気でがんばって成績をあげよう。それで、みんなにバレないうちに）

彼とは短いお付き合いで終わらせると決意した。しかし――。

毎週顔を合わせていれば自然と打ち解けていく。彼が週に一度、勉強を見てくれるようになってから半年。学校でも、深雪は理子を見かけると声をかけてくれる。

「理子！」

「あ、雪くん」

「今、帰り？」

「はい」

『理子ちゃん』と『天沢先輩』だった互いの呼び名も、いつの間にか親しげなものに変わった。そして、彼と話をしているときはいつもより少し鼓動が速まって、そわそわと落ち着かない気分になる。

前回のテストの成績はだいぶよくなっていたのに、彼に「もう大丈夫」と言えずにいるのは、勉強を見てもらう日が映画鑑賞以上の楽しみになってしまったからだ。

深雪と過ごす時間のためなら、周囲の陰口なんか気にならなくなっていた。

「駅まで一緒に行こうか」

ということは、あと十分ほど彼とお喋りができる。そう考えるだけでへにゃりと頬が緩んでしまう。ふたり並んで、駅まで続く下り坂を歩く。深雪と一緒だと注がれる視線が痛いほどだ。

(雪くんとのお喋りは楽しい。この注目はちょっと……落ち着かないけど)

しかし今日は視線だけでは済まず、ヒソヒソと交わされる噂話もはっきりと聞こえてきた。声の主は深雪と同じ三年生の先輩たち。

「なんであの子が天沢くんと一緒にいるわけ?」

「ご両親が親しいって噂よ」

「えぇ⁉　あの子の親って芸能人でしょ」

芸能人のところを犯罪者とでも言い替えたほうがしっくりくるような口調だった。

「そうよね。天沢くんの隣はちょっと、身の程知らずかも」

おっとりした声音の、もうひとりの彼女もなかなか辛辣(しんらつ)だ。

「出しゃばりで品がないのは、両親譲りなんじゃないの～」

クスクスというふたりの笑い声が、深雪の耳にも届いたのだろう。彼の顔色がスッと氷のように冷たくなる。

「ちょっと、いいかな？」

「雪くんっ」

ふたりに物申そうと声をあげた深雪を、理子は慌てて止める。が、深雪にものすごい形相でにらまれただけで、先輩たちは顔を真っ赤にして逃げ出してしまった。彼はこちらに顔を向けて眉根を寄せた。

「品がないのはどっちだと言ってやろうとしたのに、どうして止めるんだ？」

「もちろん、いい気分ではないですけど……もう気にしないと決めたので」

理子は苦笑する。

「どうして君が我慢するんだ？　理子はなにも悪くないのに」

「これが私なりの闘い方なんです。ちっとも気にしていないって顔を貫く。最後まで貫けたら、私の勝ちです」

母がいつも言うのだ。

『陰口を叩く人間はね、無視されるのが一番こたえるのよ。はるか高みにいて、あんたたちなんか目に入りませんって顔をするの。最高に気持ちいいから、やってみて』

深雪は幾度か目を瞬き、呆れたようにふぅと息を吐いた。

「なるほど、理子らしいね。けど俺は、あの子たちをここに引きずってきて君に頭をさげさせるという闘い方を選びたいな」

理子はもう気がついていた。柔和そうに見える彼には、案外と苛烈な一面がある。でもその強さが発揮されるのは、今のように他者を守ろうとするとき限定だ。理子は深雪のこういうところを心から尊敬している。彼が周囲からまるで神のように崇められるのは、決して見た目のいい御曹司だからではない。崇められるにふさわしい内面を備えているからだ。

どうしても納得いかないという顔をしている彼に、理子はきっぱりと言う。

「ダメですよ。私の勝負の邪魔はしないでください」

彼はニヤリと楽しそうに目を細めた。

「自分の意見をこうもばっさりと否定されたのは初めてだ。今日は記念日にしよう」

尊敬はいつしか恋心に変わり、理子から告白してふたりは付き合うようになった。深雪はいつだって優しく、理子の気持ちを尊重してくれた。でも付き合いが長くなればなるほど理子は不安になっていった。手は繋いでくれるけれど、それ以上のスキンシップはない。異性として好きなのは自分だけで、深雪は違うのでは？　妹程度にしか思ってくれていないのかも？　そんな疑念に苦しめられた。

付き合いはじめて、もうすぐ丸二年になろうかという秋。

（来春から雪くんは大学生かぁ）

彼は優秀だから、秀応院ではなくさらにレベルの高い外部の大学に進学するようだ。そうなれば物理的にも今よりずっと離れてしまう。それに、大学生から見たら高校二年生なんてさぞかし子どもっぽく映るのではないだろうか。

いつか訪れるかもしれない別れにおびえる。そんなの自分らしくないと思うのに、どんどん臆病になっていく。

そして恐れていた日がとうとうやってきた。恋人になってからも、彼はずっと家庭教師役を務めてくれている。日曜日の午前中は深雪が家に来る日。

もともと両親は不在がちだし、今日は喜一も出かけていて深雪とふたりきり。付き合い出してから初めてふたりきりというシチュエーションを迎えたときは、心臓が爆発しそうにドキドキした。が、今はもう緊張するだけ無駄とわかっている。深雪はキスすらもしてくれない。

（でもいいんだ。一緒にいられるだけで楽しいし）

負け惜しみ感が否めないが、理子は自分にそう言い聞かせた。

「じゃあ、次はこのプリント。その間に俺はちょっと買いものに行ってくるよ。終わったらふたりで食べるデザートを買ってくる」

「わーい、やったぁ。プリンがいいな」

「了解」

彼を見送り、理子は目の前のプリントに集中しようとした。が、一問目を解き終わる前にインターホンが鳴った。

（忘れものでもしたのかな？）

深雪が戻ってきたのだろうと思い玄関を開けると、そこには見知らぬ女性がいた。

白いスーツをぴしりと着こなす華やかな人だった。綺麗に巻かれた長い髪をハーフアップにまとめている。

「えっと？」

彼女は笑みを浮かべて理子に名刺を差し出す。聞けば、深雪の父の秘書をしているとのことだった。

「突然申し訳ありません。天沢社長から至急、深雪さんを迎えに行くようにと命じられまして」

「なにかあったんですか？」

驚いて聞くと、彼女は丁寧に説明してくれる。

「ご親族の方が倒れられたそうです」

「それは大変ですね。雪くん、じゃなくて深雪さん、すぐに戻ってくると思うので」

「では待たせていただいてもよろしいですか」

もちろんと理子はうなずく。シンとしてしまった空気を気遣ってか、彼女のほうから話しかけてくれた。

「深雪さんを『雪くん』と呼ばれているんですね。かわいらしいこと」

悪気はないのだろうが、子どもの恋愛とからかわれたように思えて理子は羞恥に身を縮めた。

「春から離ればなれで寂しいでしょう？　日本とアメリカじゃ時差もあって、電話も思うようにはいかないでしょうし」

「え？」

弾かれたように彼女を見あげる。たった今聞いた言葉が、理子の頭のなかでうまく繋がらない。

（離ればなれ……アメリカ……なんの話？）

理子の瞳に困惑の色が浮かぶのを見て、彼女は「あら」とおおげさに目を丸くする。

「もしかして彼が留学すること、まだ聞いていなかったのかしら」

「雪くん、留学しちゃうんですか？」

子どもっぽいと思われたくない。そんな思考はどこかに飛んでいってしまった。理子はすがるように彼女に問う。

「天沢家ではそういう方向で、もう準備も進んでいますよ」

深雪からは『進学先はまだ迷っている』と聞いていた。外部大学の受験を考えているのであろうことは察した。だけど、外部だとしても彼の進学先は東京だと勝手に思い込んでいた。

「アメリカ？　そんなに遠くに行くつもりなら、なんで話してくれなかったの？」

心の声がつい口に出てしまった。子どもだから、相談相手にはならないと見なされた？　それとも、反対されたら面倒だと考えたのだろうか。

「かわいそうだけど……相談は不要。彼にそう判断されたのじゃないかしら」

同情めいた眼差しが注がれる。

（それは……別れるつもりってこと？）

理子はうつむき、下唇を嚙み締めた。ネガティブな想像ばかりが頭を巡り、自分で自分をズタズタに傷つける。

「天沢家の教育は厳しいですから。社長は常々『付き合う相手を選べ』と言い聞かせていらっしゃるわ。深雪さんだって、よく理解されているはず」

「で、でも！　雪くんのお母さんは、うちのお母さんのファンだって言ってくれて」

深雪が理子の勉強を見てくれるようになったのは、母親同士の交流があったからなのだ。少なくとも「関わるな」とは思われていなかったはず。

(でも、雪くんのお父さんは違う意見だったのかな？)

「子どもの頃のかわいいお付き合いと、将来のお相手はまた別ですよ。深雪さんはもう大人になるんですから」

あでやかな赤い唇から発せられたそのひと言は、ダメ押しのように理子の胸をえぐった。

(釣り合わないとわかってた。でも、ずっと反対されていたなんて……)

自分と付き合っていることで、深雪は苦しい思いをしていたのだろうか。もしかして、それに疲れてしまった？

痛くて、苦しくて、悲しい。でも涙は出なかった。どこかでこんな日が来ることを覚悟していたのかもしれない。

（私は雪くんの対等なパートナーにはなれない）

彼がキスをしなかったのは、この結末をわかっていたからなのか。

（葵や藤吾くん、由緒ある家に生まれている学校のみんなが……羨ましい）

もし自分もそうだったら、周囲から祝福を受けて深雪と幸せになれる未来があっただろうか。そんな考えが頭をよぎる。

周囲にあれこれ言われても、人を羨むようなマネだけはしたくないと思っていた。劣等感は努力の肥やしにすべきであって、卑屈に他人を妬むようになったらおしまいだと。それなのに、今、心から……天沢家と釣り合う家柄を持つ友人たちを羨ましいと思ってしまった。負の感情がうねり、大きく膨れあがっていく。

それに気がついたとき、この恋は終わりにすべきだと悟った。


みっともなく泣いたり、わめいたりしたくなかったので、できるだけ軽く、なんでもない顔で別れを告げた。やっと留学を打ち明けてくれた彼に、こう返したのだ。

「そっか。でもちょうどよかったかも。実は、ほかに気になる人ができちゃって……。それに、そばにいられない恋人ってあんまり意味ないと思うし」

嫌だ、別れたくないと、引き止めてほしい期待がどこかにあったのだろう。祈るような目で彼を見つめたが、深雪はあっさりと理子の希望を受け入れた。

「わかった」

（……そうだよね。やっぱり、雪くんも別れるつもりだったんだ）

その後は当たり障りのない別れの言葉を交わし、理子は不自然なほどに明るい声で
「じゃあ、元気で！」と告げた。

その一瞬だけ、深雪の瞳が惑うように揺れた。すがるように理子を見つめ、唇がかすかにわななく。〝傷ついた〟顔に見えた。

心変わりしたという嘘で、彼を苦しめた罪悪感に胃の辺りが重くなる。でも、その片隅で〝ちゃんと傷ついてくれた〟という安堵（あんど）を、理子はたしかに感じていた。

過去に思いを巡らせながら、理子は自宅までの道のりをとぼとぼと歩いていた。

彼に憎まれていても当然なのかもしれない。自業自得だ。

（なのにどうして、嫌われているという事実がこんなに痛いんだろう）

さらに困ったことに、この痛みには甘美な味わいが隠されている。過去に彼の傷ついた顔を見たあの瞬間とまったく同じ、人間のいやらしさを凝縮したようなこの感情。

忘れられていたよりは、恨まれていたほうがずっと……。彼のなかの自分が消えて

いなかったことに後ろ暗い喜びを覚えた。

(我ながら、なんて嫌な女……)

周囲からは明るくさっぱりした女性と思われているし、自分もそのように振る舞っているけれど、本当の理子は未練がましいウジウジした女なのだ。彼との再会でそれを突きつけられた気がして、自己嫌悪が止まらない。

(彼と結婚？　そんなの、できるわけがない)

「ただいま。あれ、お兄ちゃん？」

玄関を開けると、部屋の照明がついているのが確認できた。間取りは２ＬＤＫで、玄関から見て左手にふた部屋並んでいる。兄妹それぞれの自室だ。明かりが漏れているのは、一番奥のリビングダイニングルーム。

喜一にしてはずいぶん帰りが早いようだが、なにかあったのだろうか。そう思って足を速めると、リビングの白い扉が開いて明るい声が飛んできた。

「おっかえり〜」

「楽ちゃん!?　来てたの？」

「うん。作り置き料理のお裾分けにね。ついでに掃除もしておいたよ」

長身ですらりと細身。サラサラの金髪と白くてなめらかな美肌。三十七歳にはとても見えない、典型的な優男。それが楽ちゃんこと山田楽次郎だ。

本人は無名の劇団員だが妻は大物舞台女優、涼風夕子。つまり、母の再婚相手だ。

楽次郎の言葉どおり、リビングはピカピカになっていた。朝、家を出る時点ではテレビの前に置かれたローテーブルの上に、喜一の趣味の映像ディスクやら映画雑誌やらが散乱していたはずなのに。それらはすべて、あるべき場所にきちんと戻されている。

もっとも喜一ばかりを責められない。理子がダイニングセットの椅子にかけっぱなしにしていたカーディガンも、楽次郎が洗濯かごに持っていってくれたようだ。

「わぁ、すごい!」

続いて冷蔵庫を開けて、理子は目を輝かせた。栄養ばっちりで、おいしそうな料理の詰まった保存容器が並んでいる。

「いつもありがとう、楽ちゃん!」

酔うと気まぐれにやってくるだけの母にも、ほぼ音信不通状態の父にも渡していない合鍵を楽次郎にだけは渡している。

「忙しくても食事はしっかりとらないとダメだよ。喜一くんにも食べさせてね」

俳優としての実力は理子にはわからないけれど、主夫業は確実にプロレベル。ルックスは極上だし、性格もとにかく優しくて包容力の塊。稼ぎが少ないことを除けば、世の女性が理想とするスパダリってやつだろう。

「うぅ。親らしいことをしてくれるのは楽ちゃんだけだよ～」

再婚当初から、楽次郎は喜一と理子のこともよく気にかけてくれた。今もこうして、ふたりの健康を心配して時々顔を出してくれる。

「早速、ごはんもらっていい？」

「うん。俺が温めるから理子ちゃんは座ってな」

「はーい」

理子も喜一も、楽次郎にはすっかり甘えきっていた。

再婚したばかりの頃、『お母さんの稼ぎが目当てなんだろうなぁ』とちらりとでも考えたこと、今は心底申し訳なく思っている。

（むしろ、楽ちゃんならお母さんよりずっといい女性と結婚できただろうに）

ナスの揚げ浸し、和風肉団子、トマトときゅうりのマリネ。楽次郎は作り置き料理をテーブルに並べたあと、ササッと豆腐の味噌汁まで作ってくれる。

「いただきます！」

ホッとする、優しい味が疲れた身体に染み渡った。

「おいしい〜。楽ちゃんのお料理って、ひと手間を惜しまないのが偉いよね」

つい面倒で理子なら省略してしまう工程を、彼はいつも手際よくこなしていた。

「どうせ作るなら、綺麗でおいしいほうがいいじゃない」

主夫の鑑（かがみ）！みたいな台詞をさらりと口にして、彼はほほ笑む。

（う〜ん。聞きづらいから今まで黙っていたけど、やっぱり謎だよね）

「楽ちゃん、本当にお母さんでいいの？」

ずっと気になっていた疑問を、思いきってぶつけてみた。

「お母さんって自由奔放で、女優としてはそこが魅力かもしれないけど……家族になると大変でしょう？　別れたくなったりしない？」

彼は一瞬真顔になったあとで、ぷっと噴き出した。

「あはは。俺は舞台女優、涼風夕子に心底惚（ほ）れ込んでいるからね〜。奔放な私生活もすべて肥やしにして、スポットライトを浴びてとびきり輝く。あの瞬間を見せられると、なにも言えなくなっちゃう」

普通の女性なら「女優じゃない私を見て！」とでも言いそうなところだけど、彼女は違う。あの人は舞台の上でしか生きられない、女優涼風夕子じゃない素の自分なんて本人が一番いらないと思っているのだ。

「でも、俺は夕子さんを愛してるからフラフラされるのは悲しいわけよ。この前もさ、俺より若い男とデートしてて……さすがにキレてやるって思ったんだけど、その直後の舞台がもう素晴らしすぎてさ」

楽次郎は手にしていた缶ビールをやけくそのように飲み干した。

「夫である俺とファンである俺が、こう殴り合いの喧嘩をしてね。結局いつも、ファンの俺が勝っちゃうの」

「……母が苦労をかけてすみません」

理子が代わって頭をさげると、楽次郎は白い歯を見せて笑う。

「夕子さんは俺のファム・ファタールなんだろうな」

「ファム・ファタール、運命の女性だっけ？」

「もっと強烈かな？　男を破滅させるほどの魔性の女って意味」

役者らしい、芝居がかった調子で言って楽次郎はニヤリとする。

「自覚ないかもしれないけど、理子ちゃんも素質あるよ」

「へ？」

「夕子さんによく似てるもん。男を狂わす引力がある。気をつけてね」

三章　今夜、抱かれるようです

「理子さん。リルージュとの正式な契約締結、いつになりそうですか？　それに合わせて、各担当との調整も必要なので」

希に尋ねられ、理子はうっと言葉に詰まった。深雪に最終条件を突きつけられてから早一週間。いまだ結論らしきものは出ていない。

「あ、もうちょっと待っててね。細かい文言の修正とかしているから」

会社のためにがんばってくれている彼女に嘘をつくのは本当に心苦しい。

「堀星企画に切られたときはどうなることかと思ったけど……結果的にリルージュと組めるなんて、やっぱりレオ&ベルは〝持ってる〟会社ですよね！　私、ここに就職してよかったです。絶対に成功させましょうね」

「うん、もちろん」

キラキラした彼女の笑顔がまぶしい。希だけじゃなく社員はみんな、この事業の成功のために日々がんばっているのだ。理子はフロアを見渡し、あらためて思う。

（今さらリルージュもダメになった……とは絶対に言えない。となると結婚？）

深雪が出した条件のことを真剣に考えてみる。

理子はさほど、恋愛や結婚に夢を抱いているわけじゃない。

（なにせ実の両親があれだしね）

たとえば深雪ではなく初対面の男性が相手だったら、案外と簡単に受け入れられたかもしれない。ビジネスのための政略結婚。ひと昔前ならよくあった話だし、秀応院の同級生なら今でもそんな結婚をしている子もいるだろう。

（どうして、よりによって彼なのよ）

理子は頭を抱えた。相手が深雪だと冷静ではいられなくなる。

（雪……天沢さんのように、ビジネスだと割り切った関係を私は築けるだろうか）

この最終条件のことは喜一にも相談していない。新事業の構想に夢中になっている彼の邪魔はしたくないし、これは理子が自分で考えるべき問題なのだという気がするから。

理子はデスクの引き出しを開け、名刺ケースのなかから深雪のものを取り出す。裏に手書きで、電話番号が記されている。おそらくプライベート用の番号なのだろう。

『こっちのほうが確実に繋がるから』という言葉とともに、先日の別れ際に渡されたものだ。

勇気を出して、その番号に電話をかける。

「もしもし。レオ&ベルの山根です」

約束は次の土曜日。彼が指定した場所は、都内の花見スポットとして有名な公園の向かいにあるカフェだった。

（どうしてカフェ？　そして土曜日？）

色々と疑問に思うところはあったが、とりあえず彼の提案を受け入れた。

そして迎えた土曜日の昼過ぎ。もう五月も半ばなので、かなり暖かい。スーツを着るべきなのか私服でいいのか、迷ったすえにピンクベージュのブラウスにタイトスカートというオフィスカジュアルをチョイスした。

理子はレオ&ベル側のサイン済み契約書を持って、待ち合わせ場所に向かう。

「あぁ、こっち」

先に到着していたらしい彼が片手をあげて合図してくれる。

「お待たせして申し訳ございません」

軽く頭をさげ、向かいの席に腰をおろした。

「休日に呼び出して悪かった」

「構いませんが、どうしてでしょうか？」

ビジネスの話なら平日に、そしてどちらかのオフィスで面会するのが自然じゃないだろうか。理子の疑問を察したのだろう。彼は楽しそうにふっと口元を緩める。

「知らない仲ではないけれど……十年は長い。今の俺を、もう少し知ってもらったほうがいいかと思って。でないと、結婚の判断もできないだろう？」

心のどこかで「結婚なんて冗談だ」と彼が笑ってくれるのを期待していた。だが、甘かったようだ。

「だから、まぁデートってとこかな」

柔らかなその笑みに、かつての彼が重なる。

(天沢さんは覚えているかな？　昔、よくこの街でデートをしたこと)

ふたりの座っている席は窓際で、雑貨屋やヘアサロンなどの並ぶ賑やかな通りに面している。この道の先、ふたつ目の角を曲がったところに、もう売却してしまった理子の生家があった。勉強を教えてもらったあとはいつも、ふたりで手を繋いでここを歩いたものだ。

「なに飲む？　ケーキも頼んでいいよ。甘いもの、好きだったよな」

彼はメニューを理子のほうに向ける。

「じゃあチーズケーキ。それとアイスコーヒーで」

「コーヒー、飲めるようになったんだ」

いたずらっぽく目配せをされて、ドキリとした。

（私がコーヒーを苦手だったこと、覚えてたんだ）

社会人になるまではコーヒーが苦手で、甘いカフェラテすら飲めなかった。でもビジネスの場ではコーヒーを飲む機会も多いので、自然と慣れた。今ではあの苦みをおいしいと思えるようになっていた。

「もう二十六歳ですから。あの頃とは違います」

突き放すような口調で言う。彼にというより、自分に言い聞かせたかったのだ。

（そうよ。同じ街でかつてと同じようにデートをしても、昔に戻れるわけじゃない）

強く意識していないと、あの頃の理子がひょっこり顔を出してまた深雪にときめいてしまいそうで心配だった。

「そうだな。予想以上に綺麗になっていて驚いたよ」

理子の心臓が大きく跳ねる。

（違う。これはときめいているわけじゃ……）

お茶をしながら、深雪はアメリカにいたときの話をしてくれた。

「もちろん個人差はあるけど、向こうはとにかく自己主張する文化だから……謙遜は俺もしなくなった。そうしたら不思議と、発言に引っ張られるように苦手が克服できたりしてね」

「発言は行動に表れるってよく言いますもんね」

たしかに、今の彼はあの頃よりずっと自信に満ちあふれている。昔の深雪は、どちらかといえば自身の優秀さを隠そうとしていた。周囲を気遣いすぎて、やや窮屈そうに見えたくらいだった。

（昔の彼なら、きっと提携の条件が結婚なんて言わなかったはず）

その意味でも、会わない十年の間に彼は変わったのだろう。

（私が結婚を考える相手は今、目の前にいる天沢さんだ）

離れていた期間の、自分の話はしなかった。言いたくないわけではないけれど、父親の借金トラブルに両親の離婚と、明るいカフェにふさわしい話題ではないと思ったからだ。

カフェを出たあとは、ウィンドウショッピングを楽しんだ。

まるきり昔のように……とはもちろんいかないが、だいぶ打ち解けたような気がする。それがいいことなのかは、わからないけれど。

夕食はあまり気負わない、ピザのおいしいカジュアルなレストランで済ませた。

「いいお店でしたね。昔はなかったですよね？」

「うん。この辺りは店の入れ替わりも早そうだしな。昔から残っているのは駅前のスーパーくらいかな」

そんな話をしながらレジへと向かう。深雪が「先に出て待っていて」と言うので、理子はひとりで外へ出た。

（ごちそうしてもらう立場でもないし、自分のぶんは帰り際に渡せばいいかな）

ふと視線を前に向けると、不愉快な光景が目に入った。十代と思われる若い女性が酔っぱらった男性に絡まれているのだ。男のほうは理子よりはいくらか年上だろうか。

漏れ聞こえる会話から察するに、しつこいナンパのようだ。

（彼女ははっきり『嫌だ』と主張しているのに！）

放っておけず、つい声をかけてしまった。

「いいかげんにしてあげてください。彼女、困っているじゃないですか」

酔っぱらいが、怪訝そうに首をかしげて理子を見る。

「なに、あんた。関係ないだろ」

たしかに彼女とは無関係だ。理子が返答に困っていると、男はニヤリといやらしい笑みを浮かべた。

「あ、わかった！　あんたもナンパ待ちだったんだろ？」

男の手が理子の肩に回る。お酒くさくて、思わず顔を背けてしまった。

「気が強くて、声がかからなそうだもんな。いいよ、俺が付き合ってやっても――」

ペラペラとうるさかった彼の言葉が急に止まる。見れば、顔をゆがめ口をパクパクとさせていた。

「それ以上ひと言も発さずに、立ち去るなら放してやるけど。どうする？」

怒気のにじむ低い声。理子の肩に回っていた男の手を深雪がひねりあげている。その痛みで男は声が出ないらしい。長身の深雪にものすごい形相でにらまれ、男は急激に酔いが覚めたようだ。「し、失礼しました」となんとか声を絞り、逃げ出した。

助けられた女性は、ふたりに何度も礼を言ってから帰っていった。

深雪は横目で理子を見て、ふぅと息を吐いた。

「すっかり大人の女性になったと思いきや、いさましさは変わってないな」

「すみません。ご迷惑をおかけして」

彼が呆れるのも道理だ。自分で対処しきれないなら、あんな啖呵を切るべきではなかった。理子が反省していると彼は優しく目を細めた。

「怒ってないよ。君の正義感が強いところ、好きだったなと懐かしく思っただけ」

好きだった。さらりと放たれる言葉がどれだけ理子を翻弄するか、この人はきっとわかっていない。

「それなら天沢さんだって」

言いかけて口ごもる。

「俺？」

「いえ、なんでも」

いつも穏やかなのに、時折びっくりするほど怖い顔を見せることのあった彼。でも彼が怒るのは、誰かが理不尽な目にあったり、危険にさらされたりするとき。深雪は他者のために闘う人だった。

（一番好きだったところは変わっていないなんて……ずるいな）

「まだ九時前か。少し散歩しないか？」

彼の提案で、この街のシンボルでもある大きな公園に立ち寄った。

桜はとうに散ってしまっているので、園内は閑散として寂しげだ。鯉の泳ぐ池にかかった橋をふたりで渡る。

彼が足を止め、間接照明に照らされた池に視線を落とす。

「街はずいぶん変わったけど、ここは昔のままだな」

この公園もよくデートをした場所だ。彼はそう言うけれど、よく見れば当時とは異なる部分も多い。ベンチや東屋風の建物はすっかり綺麗になっているし、かつては入れた場所に立ち入り禁止の札が立っていたりする。

（まったく変わらないものはないよね。それはきっと、私も彼も同じ）

「そうそう、来週には俺がリルージュの社長になることが公表される。就任自体は六月だ」

「そうですか。社長ご就任、おめでとうございます」

理子はレオ＆ベルを代表するつもりで彼を祝福した。

「ありがとう。さて、今の俺のことも多少は理解できただろうし、君の答えは今日聞かせてもらえそうかな？」

「はい」

言って、理子はまっすぐに彼を見つめた。

（私が結婚する相手は、雪くんではなくリルージュの社長になる天沢さん）

「これを」

理子はバッグから契約書を出して彼に渡した。深雪はすぐに目を通し、満足そうにほほ笑んだ。

「レオ&ベルはサイン済み。つまり、条件をのむってことだな」

「えぇ」

深雪の瞳が楽しそうに輝いた。

「よろしく、奥さん」

彼が差し出した手を、理子は意を決して握り返す。

「ただ、私にもひとつだけ言い分があります」

彼は握手をほどくと、ふっと頬を緩めて「聞くよ」と答えた。

「私はあなたの望む〝従順で貞淑な妻〟にはなれないと思います。その代わり、山根理子らしいやり方で新社長の役に立つよう努力します」

見開かれたその瞳には理子だけが映っている。ほんの一瞬、驚きに固まっていた彼が次の瞬間に「ぷはっ」と破顔した。おなかを抱え、声をあげて笑っている。

(そういえば、笑い出すと止まらない人だったっけ)

「あの、別に笑うところではないと思うのですが」

理子は片側の頬を膨らませて抗議する。

「悪い、悪い」

スッと彼の手が伸びてきて理子の頬を撫でた。触れられた左の頬がじんわりと熱を帯びる。

（アメリカ暮らしの影響？　それとも大人の男性になったから？）

かつての彼はこんなにスキンシップの多い人ではなかったはず。

「俺は変わったけど、君は本当に変わらないな。俺の理子だった頃のままだ」

俺の理子。その言葉に心臓がドクンと鳴る。強く吹いた夜風と、低く柔らかな彼の声音が理子の心をかき乱す。

「……はるか昔の幼稚な付き合いのことなんか、もう覚えていないでしょう？」

思わず、〝天沢さん〟ではなく〝雪くん〟に問いかけてしまった。

今夜の月は大きくて、いやに赤い。怖いくらいに美しい真円を背にした彼の笑みは妖艶(ようえん)で、理子は囚われたように身じろぎもできなくなる。

頬にあった彼の手がうなじに回り、グッと後頭部をつかまれる。

「まさか。すべて覚えているよ。この少し気の強い瞳も、柔らかな頬のぬくもりも」

深雪の顔が近づいて、鼻先に吐息がかかる。

「ずっと我慢してた唇もね」

「ゆ、雪くんっ」

その言葉ごと食べてしまうように、彼が唇を重ねてきた。

理子の二十六年の人生で、これが初めてのキス。彼がなかなかキスをしてくれないと不安をつのらせていた十年前を思い出す。当時の自分がこの状況を知ったら、どう思うだろう。

（私、雪くんとキス……してる）

少女だった頃に夢見ていたものとはだいぶ違う。

強引に舌がねじ込まれ、理子の口内を自在に這う。グッと腰を抱き寄せられ、身体が密着する。洋服ごしでも、彼の男らしい筋肉がはっきりとわかる。深雪は王子さまではなく、ひとりの男性なのだと思い知らされた。

（なにが起きているんだろう。頭がクラクラしてなにも考えられない）

湿った音を立てる大人のキスが理性をとろけさせていく。すべて溶かされてしまう前に、理子はどうにか彼を押し返した。

「ま、待ってください。急にこんなっ」

「なにか問題があるか？」

彼は平然とした表情でけろりと言ってのける。

「君は俺の妻になるんだ。妻を抱き締めてキスをして、なにが悪い？」

まるで理子の中途半端な覚悟をあざ笑うかのように、深雪はクッと皮肉げに口角をあげる。

「うっ……」

（結婚の覚悟はしたつもりだけど、具体的な部分は想像していなかったというか）

どう言い訳しようか必死に頭を働かすけれど、なにを言っても見透かされるような気がした。

「い、一分。一分だけ時間をください」

理子は目をつむり、かすかに震える自分の指先をギュッと握った。

「ははっ。俺はね、理子のそういうところがたまらなく好きだよ」

彼は腕時計でも見ているのだろうか。しばらくすると「三、二、一」とカウントダウンを始めた。

「はい、目を開けて」

彼の口からタイムオーバーが告げられて、理子はそっと瞼をあげる。目の前にあるのは、嗜虐心が見え隠れする深雪の瞳。

「覚悟は決まった？　それとも逃げる？」

「に、逃げません」

声が震えそうになるのを、どうにかこらえた。

「今の俺は、欲しいものを我慢しない主義なんだ。キスだけで終わらせてあげる気はないよ。――おいで」

彼に手を引かれ、理子は一歩を踏み出した。

タワマンの立ち並ぶ汐留の住宅街に、人目を忍ぶようにひっそりと佇む低層のラグジュアリーマンション。ここが深雪の自宅だそうだ。

彼が運転するイギリスメーカーの高級車が地下駐車場へとすべり込む。

そこで車をおり、エレベーターに乗った。ここまでずっと目を白黒させるばかりだった理子は、思わずほぅと息をつく。

「君にとっては、そんなに物珍しくもないだろう？」

彼がクスリとする。車やマンションのことを指しているとすぐにわかった。

(たしかに、秀応院はこういう世界に身を置く子ばかりだったけれど)

理子自身も、とても贅沢に過ごしていた時期もある。実父は名の知れた映画監督で母は舞台女優。名家、旧家の子女揃いの同級生たちと比べても経済的には恵まれていたほうだと思う。ただ……芸能の世界はまさに水商売。浮き沈みが激しいうえに両親は揃って浪費家。トラブルに巻き込まれ、借金を抱えるなど波乱万丈だった。もうずいぶん前から、喜一も理子も両親の財布は当てにせず堅実に生活している。

（あぁ、でもお父さんの借金事件は雪くんがアメリカに行ったあとだったっけ）

深雪は山根家に起きたゴタゴタなど知らないのだろう。理子は苦笑する。

「色々あって、こういう世界とはすっかり縁遠くなりました。なので、見るものすべてがまぶしくて目がくらみます」

「色々……か」

会わないうちに理子も変わった。今の自分を、彼はどう見るだろうか。

しばしの沈黙の間に、エレベーターが目的階に到着した。

「理子の話は部屋でゆっくり聞かせて」

彼のマンションはとても贅沢な造りだった。玄関も廊下も広々としていて、部屋もいったいいくつあるのだろうか。集合住宅という感じがまるでせず、一軒家のよう。

深雪がリビングルームに通してくれた。ホワイトとグレーを基調としたモダンなインテリア、個性的なデザインのシャンデリアが印象的だ。

南側はすべてガラス張り。そこから繋がるバルコニーはかなりの広さがあり、ちょっとした中庭のようになっている。晴れた日にここでブランチをしたら、きっと気分がいいだろうなと思った。

「素敵なおうちですね」

「気に入ったのならよかった」

「え？」

理子が小首をかしげると彼はさらりと言う。

「だって、ここが君の家になるんだから」

パチパチと目を瞬いてしまった。

「えっと、結婚ってやっぱり一緒に暮らす前提で？」

「もちろん。仲睦まじい、円満な夫婦になるつもりだ」

邪気のない笑顔を向けられ、理子は困ってしまう。

（それが雪くんの復讐なの？）

思えば昔から、彼は読めない男だった。穏やかで優しいけれど、どこかミステリアスで誰にも本心を悟らせない。そういうところがたまらなく魅力的で、憎らしくもあった。

（いつも私ばかり不安になっていたな）

「そっちに座って」

リビングルームの上質そうなソファセットを、彼は視線で示す。「はい」と答えて理子がそちらに足を向けると、深雪はキッチンへ入っていく。

グレージュの革張りのソファはふかふかで、柔らかな布団に包まれているみたいな座り心地だ。

「なにか飲む？　炭酸水か……アルコールもあるけど」

「あ、じゃあ軽めのお酒を」

これから先の展開をしらふで迎える自信はなかった。深雪がクスリと笑む。

「それはいいな。邪魔な理性は取っぱらっておいて」

「う、あ」

言葉にならない声が出た。あらためて、部屋にふたりきりという状況をひしひしと実感する。

「お待たせ」

シャンパンだろうか。桜色の綺麗なお酒が注がれたグラスを盆にのせて、深雪が運んでくる。彼はそれをテーブルに置くと、理子の隣に座った。十年ぶりに再会したふたりにしては、わりと距離が近い。トンとぶつかる肩に理子の頬が熱くなる。

（どうしよう、お酒を飲む前から酔いそう）

「じゃ、乾杯」

理子の心境などお構いなしで、彼は余裕たっぷりにグラスを合わせる。

「いただきます」

ひと口飲むと、華やかな香りが鼻を抜けた。軽くて甘いのに、後味はほんのりビター。彼との再会にふさわしいお酒だった。

深雪の口から『復讐』などという物騒なワードが出ていたので、こうしてふたりきりになったらひどくなじられたりするのかも……と考えていたが、彼は至って紳士的だ。現在の仕事の話など、ユーモアを交えて聞かせてくれる。

「理子のほうは？　この十年、どう過ごしていた？」

彼と離れていた時間を思い出しながら理子は口を開いた。

喜一がレオ&ベルを立ちあげた経緯については、深雪も興味津々の様子だ。

「彼は昔からいい意味で個性的だったからね。でも医師とか研究者とかそういう方向を目指すのかなと思っていたから、起業家とはびっくりした」

「最初は本当に遊び半分だったんですよ。お小遣い稼ぎになるかなってノリで、アプリを作って。レオ&ベルの社名だって――」

理子の言葉を遮って、深雪はいたずらっぽく片目をつむってみせる。

「山根家で飼っていた猫の名前、だろ？」

「え～。レオとベルのこと、覚えていてくれたんですか？」

「ベンガルだったよな。クールな子たちで、俺をものすごく嫌っていた」

恨みがましい口調で深雪がつぶやくので、理子は噴き出す。

「あはは、そうでした」

彼の記憶どおり、勉強を教えに山根家を訪れる深雪にはいつまでも懐かず、シャーシャーと怒りをまき散らしていた。

理子が高二のとき、深雪がアメリカに旅立ってからそう間を空けずにレオは病気で逝ってしまった。両親の不仲が決定的になったのもこの頃だ。

両親の離婚後、成人まで残り数年程度だったが親権は母の夕子が持った。山根の姓はもともと母方だったので、名字も変わらずに済んだ。

夕子は楽次郎と暮らすことになったので、ベルは喜一と理子が引き取りふたりと一匹で新生活を始めた。ベルはとても長生きしてくれて、天国に行ってしまったのは四年前のことだ。二匹の愛猫を失った傷は大きくて、喜一も理子も新しい子を迎えることはしなかった。

理子がその辺りの話をしたところ、山根家両親の離婚が想定外だったのだろう。深雪はやや驚いた顔をした。

「両親が……そうだったのか」

「はい。もともと不仲だったのはご存知かと思いますが。高校卒業と同時に、兄とふたり暮らしになりました」

「あっちにいると日本の芸能ニュースまでは耳に入ってこないから、まったく知らなかった」

「以前から不仲説のあった中年夫婦の離婚なんて、日本のメディアもたいして報じませんでしたよ」

おもしろおかしく扱われたのは、父がおかしな詐欺団体に騙され多額の借金を負った事件のほうだったが、それは深雪には伏せておいた。同情を誘うようなマネはしたくない。

しんみりしたムードを払拭しようと理子は話題を変えた。

「私も、天沢さんが大学卒業後もアメリカにとどまったと風の噂で聞いたときはびっくりしました。大学四年間だけのことと聞いていましたから」

旅立つ時点では大学卒業後に帰国すると言っていた。ところが、卒業後にそのまま天沢グループの米国支社で働くことにしたようだ。

「あぁ。カフェでも話したように、あの国では自分の成長が実感できたから。楽しくて長居してしまった」

周囲に遠慮せず有能ぶりを発揮できる環境は、きっと彼に合っていたのだろう。

「いいですね。私も、ブロードウェイはまたいつか観に行きたいなと思っています」

子どもの頃に一度だけ、夕子に連れていってもらった。あのワクワク感は今でも忘れられない。ふと視線を感じて理子は顔をあげる。じっとこちらを見ている深雪と目が合った。切なそうな、苦しそうな瞳が近づいてくる。

「天沢さん？」

「帰国しなかった理由、もうひとつあるよ。理子に……会いたくなかった」

ザワザワと不穏な気配が理子の胸を覆う。

「それは、私を憎んでいるから？」

聞かないほうがいいのかもしれない。でも聞かずにはいられない。

彼が自分にどんな感情を抱いているのか、それを知りたい。

「さぁね」

はぐらかすように彼はほほ笑む。それから理子のグラスに視線を落とした。

「あまり飲んでいないね。苦手な味だった？」

理子はふるふると首を横に振る。

「逆です。すごくおいしくて、飲みすぎてしまいそうだから」

『軽め』のリクエストどおりに口当たりはライトだけれど、アルコール度数そのものは結構高いお酒だ。特別強いほうではない理子としては、酔っぱらうのが心配だった。

「酔ったほうがいいんじゃないか？」

妖しいまでの笑みに、理子の背筋がぞくりと震える。魔法をかけられてしまったみたいに、身動きひとつできなくなる。

「そのほうが、このあとの時間が極上になる」

長い指先が理子のグラスを持ちあげ、桜色の液体は彼の口に吸い込まれていく。続いて彼は理子の肩を抱いた。スローモーションのようにゆったりと見えるのに、どうしてか抵抗できない。唇が合わさって、アルコールが理子の喉を流れる。シャンパンは彼の口内で媚薬（びやく）へと変化したようだ。喉が、身体の芯が、燃えるように熱くなる。

絡みつく舌が理子の本能を揺さぶり、目覚めさせた。

「んっ」

思わず漏れた吐息は官能の色を帯びている。

「いい声だな」

低くささやかれる声も、男の色香があふれる流し目も、理子を翻弄して頭のなかを真っ白にさせる。角度を変えながらたっぷりとキスを堪能したあとで、彼はようやく理子を解放してくれた。親指で自身の唇を拭う仕草がセクシーで、直視できない。紅潮した頬を両手で包み込んでいる理子に彼は言う。

「さっき公園でキスしたときも思ったけど、意外と初々しい反応をするんだな」

「そ、それは……下手だと言いたいのでしょうか」

(仕方ないじゃない。唇が触れ合うだけのキスすら未経験だったんだから)

抗議の意を込めた瞳で彼を見あげる。彼はニヤリとして理子の背中を抱き寄せた。急に引かれたので彼の胸元に顔をうずめる形になる。

「いや」

深雪は理子をすっぽりと抱きすくめ、耳打ちする。

「かわいいなと思っただけだ」

(うぅ、絶対に馬鹿にされてる)

十年前よりもっと子ども扱いされていて悔しいけれど、経験のなさはごまかしようもない。理子は消え入りそうな声でぼやく。

「全部、初めてなんです。だから不慣れなのは大目に見てください」

深雪が目を丸くする。

「初めて？　キスも？」

大人の余裕で受け流してくれることを期待したのに、彼らしくない対応だ。理子は半ばやけくそではっきりと告げる。

「そうです。この年になるまでキスすらも経験がなかったので」

「俺と別れて付き合った男は？」

ほんの一瞬、なんのこと？と思ってしまった。

（そうだ。私、ほかの人に心変わりしたって嘘をついたんだった）

「えっと、色々と事情があって。結局、付き合ったりはしなかったので」

「ふぅん」

深雪の頬がわかりやすく緩んだ。

「そんなに堂々と馬鹿にしなくても……。普通は心のなかにとどめませんか？」

今の彼は、昔の彼より大人げない気がする。

「馬鹿になんかしてない。そう、俺が初めて。それはとてつもなくいい気分だな」

「なんですか、それ」

困惑する理子を、彼はどさりとソファに押し倒した。大きなソファなので、まるでベッドのように理子の身体を受け止めてくれる。四つん這いになった深雪が理子の逃げ道を封じる。こちらを見おろす視線には熱い劣情がにじんでいた。

「世界中の男に優越感を覚えて、気持ちがいいってこと」

彼の手がグレージュの座面に広がる理子の髪をひと房すくう。そのままチュッと軽いキスを落とした。髪の毛に感覚などないはずなのに、おなかの奥がキュンと疼く。

「君が関わると、俺はどうもおかしくなるな。タガが外れてコントロールがきかなくなる」

深雪の顔がゆっくりとおりてくる。

経験はないけれど、理子もそこまで世間知らずではない。部屋についてきた以上、こうなる覚悟はしていた。けれど実際に、自分よりずっと大きな男性にのしかかられると本能的な恐怖が忍び寄ってくる。

「いいの？　拒みたいなら、ここが最後のチャンスだよ」

彼が理子を見据える。

「大丈夫です。もう、あなたの妻になる覚悟を決めましたから」

気丈に答えたけれど、身体は小刻みに震えていた。

深雪が漏らしたかすかな笑い声が聞こえてくる。

「昔の俺なら、震えている理子になにかしようなんて絶対に思わなかった。けど」

白い首筋に彼の唇が押しつけられる。きつく吸われて痛いほどだ。

「残念ながら〝優しい雪くん〟はもういないんだ」

切なげな彼の笑みが目の前にある。鼻先が触れる距離でふたりは見つめ合った。

「今から君を俺のものにする」

「――はい」

返事とともに、理子は自ら手を伸ばし彼の首をキュッと抱いた。

優しい雪くんはもういない。そう言ったくせに、彼の手は優しく、まるで宝物を扱うように理子に触れる。

「俺を嫌いになって、憎んでも構わない」

ひとり言のようなつぶやきが耳に届く。

（嫌いに……私はこの男性を嫌いになれるだろうか）

ピンクベージュのボウタイブラウス。リボン結びにしていたタイはしゅるりとほどかれ、上から順にボタンも外されていく。彼がブラウスの前を開くと、なめらかな素肌とレースの下着に隠された膨らみがあらわになる。

「綺麗だ」

鎖骨のくぼみを彼の舌が這う。腰がビクリと浮きあがって、その自分の反応に理子は頬を染める。

「恥ずかしがることないのに。もっと、乱れる理子が見たい」

大きな手が下から持ちあげるように胸を揉む。やわやわと形を変えられるたびに理性が薄れていく。

いつの間にかブラのホックが外されていた。さらに、たくしあげられたタイトスカートからは太ももの半分ほどが露出している。あられもない姿を隠そうとする理子の手を、彼はグイッと頭上で固定してしまう。

「それはダメ。見たいと言っただろう」

脇、おなか、内ももの際どいところ……彼は理子の羞恥心を煽るような場所ばかり執拗に攻めてくる。

「んっ、はぁ」

理子の瞳はしっとりと潤み、しどけなく半開きになった口からくぐもった喘ぎがこぼれる。深雪の喉仏がググッと上下する。

「理子。そのまま、舌を出して」

彼の声音にはあらがえない魔力が宿っている。理子はもう言われるがままだ。差し出された舌をからめとって、深雪は赤く色づく唇をむさぼる。甘く、激しく、キスだけで意識が遠のきそうになってしまう。

「キス、下手じゃないよ」

吐息交じりに彼がささやく。

「むしろ俺をこれでもかと昂らせる。魔性の女だ」

「ん、んんっ」

より深まるキスとともに、深雪が胸の頂を爪弾く。びくんと大きく肩が跳ねて、大きな声をあげてしまった。

「俺ばかり興奮させられていては、プライドが傷つくからね。理子も……覚悟して」

「あっ、ひゃあ」

彼の舌が、指先が、理子の敏感なところに火をともしていく。焦らされて、煽られるたびに身体が切なく疼いた。脳がグズグズに溶けて、下腹部からとろりとした蜜があふれる。

「ダ、ダメ。これ以上はおかしくなりそう」

自分が自分でなくなっていくみたいだ。ありえないほど恥ずかしいことをしているのに、本能が「もっと欲しい」と訴える。それが怖くてたまらない。

妖艶にほほ笑む深雪が理子の頬に甘いキスを落とす。キスは信じられないほどに優しいのに、ささやく言葉は残酷だ。

「やめないよ。俺に溺(おぼ)れて、心も身体もめちゃくちゃになってよ」

「もしかして、それが復讐?」

愉快そうに目を細めて彼は答える。

「――かもね」


翌朝。彼の寝室で理子は目を覚ました。洒落(しゃれ)た木製のブラインドから差し込む光はまぶしいほどで、自分がすっかり寝坊したことを悟る。

瞳だけを動かして彼の姿を捜すと、奥のデスクでノートパソコンを開いている背中が見えた。だらしなく眠っていた自分とは違い、彼はきちんと身だしなみも整え終えていた。注がれる視線に気づいたのか、キィと音を立てて彼の座る椅子が回った。

「起きた? おはよう」

「はい、おはようございます」

理子は裸のままの身体にシーツを巻きつけて上半身を起こす。情事の翌朝、というシチュエーションも初めてなので気恥ずかしくてならない。

彼はデスクを離れ、理子の隣に腰をおろした。

「身体は平気？」

深雪の手が理子の腰に添えられる。「ちょっと無理をさせたかな」という彼の台詞で、ゆうべの出来事が生々しく蘇ってきて理子の頬は真っ赤に染まった。

一度きりじゃなかった。

寝室に場所を移してからも深雪の熱は少しも冷めやらず……。

「なにか、想像してる？」

「べ、別に！　なにも」

バレバレの嘘に、深雪は白い歯を見せて笑う。

「どこか痛んだりしないか」

情熱的ではあったけれど、彼は理子の身体をとても気遣ってくれていた。だから問題ない。そう答えようと思ったけれど、動こうとすると下半身に鈍いだるさが残っているのがはっきりとわかった。理子の表情の変化で察したのだろう。

「加減できずに悪かった。おわびに介抱するから、今日はゆっくりしていって」

「いえ、そんな！」

慌てて首を左右に振る。

「天沢さんはお忙しいでしょう。こんなに寝坊して、すでに迷惑をかけているのに」

枕元にある、綺麗に整えられた自分の衣服を理子が引っ張ろうとすると、彼はにっこりしてそれを制する。

「あぁ、君の寝坊は俺のもくろみどおりだから」

「え？」

「そうすれば一緒にブランチができるだろう」

冗談とも本気ともつかない口ぶりに理子は戸惑うばかり。でも結局「今後のことも相談したいし」というひと言に押され、一緒にブランチをとることになってしまった。

白い大理石のダイニングテーブルにベビーリーフのサラダとフレンチトーストが並ぶ。作ったのは理子ではなく深雪だ。理子はのんびりとシャワーを浴びて、着替えをしただけ。

「座って」

彼が椅子を引いてエスコートしてくれる。

「お料理、上手なんですね。いつの間に……」

フレンチトーストは難しいものではないけれど、完璧な出来栄えで盛りつけも美しい。手慣れている人間の料理だ。

（昔はたしか『料理はほとんどしたことない』と言っていたのに）

「アメリカの食事は日本人にはカロリーが気になって。健康のために覚えたんだ」

「向こうの暮らしが長くなると太るとよく聞きますけど、天沢さんはそんなことなかったんですね」

「渡米直後は、むしろ痩せたくらいだったよ。食事に慣れるまで結構苦労した」

そんなふうに言って柔らかく笑む。こういう表情には以前の面影があって、甘酸っぱい懐かしさが込みあげた。

「ところでさ」

サラダを口に運びながら彼が言う。

「敬語はともかく、『天沢さん』はやめてほしいな」

「え？」

「今は業務時間じゃなくプライベートだろう」

そう言われても、『天沢さん』以外になんと呼べばいいのか。

（昔みたいに『雪くん』とは呼べないし）

そんな呼び方をしたら、あの頃の気持ちがあっという間に蘇ってきてしまいそうで怖い。彼は『復讐』だと言った。抱かれている感情は憎しみだときちんと自覚して、遠い昔の恋心を掘り返すようなマネをしてはいけない。ビジネスとしての結婚を貫くべきだ。

「もう『雪くん』って年齢でもないし『深雪』でいいよ」

「えぇ!?」

「大丈夫。ほら、呼んでみて」

さすがは天沢家の御曹司だ。物腰は穏やかなのに相手に有無を言わせない圧がある。

「み、深雪……さん」

美しい瞳が甘く細められた。

「まぁ、及第点かな」

ブランチのあとはリビングのシアターセットで一緒に映画を観る。彼は理子が好きだった映画をきちんと覚えてくれていて、ほんの少しときめいてしまった。

(いやいや、ドキドキするところじゃないし)

この結婚は仕事の延長。それどころか、自分は彼に復讐をもくろまれている立場なのだ。なのに……。

彼はソファを背もたれ代わりにして、自身の膝の間に理子を座らせる。背中からギユッと理子を抱く仕草は飼い主にじゃれつく大型犬のようで、役員室で見せていた姿とはまるで別人。彼はすっかりくつろいだ様子で大きな画面を指さした。

「この女優、どことなく理子に似てる」

大画面に映し出されているのは、往年の名作映画。最新作ももちろんチェックするけれど、理子はとくに古い映画が好きだった。その時代ならではのファッション、インテリア、価値観などに触れられるのが楽しい。この映画も幾度となく見て、そのたびに切なくも力強い結末に胸を高鳴らせたが……世代をこえる大スターである主演女優と自分が似ているなどとは、これっぽっちも思ったことがない。

「さすがに、お世辞としても無理がありすぎますよ」

彼ならばもっとうまいお世辞を思いつけそうなものなのに、どうしたのだろうと心配になるほどだ。

「似てるよ。ほら」

くしゃりと満面の笑みを見せるヒロインに、彼は視線を向ける。

「今の顔とか。くるくると表情がよく変わって、目をそらせなくさせる。理子にそっくりだ」

たとえ嘘でも、照れてしまう。理子は自分の頬が熱くなっていることを感じた。それに、この体勢は彼の体温がダイレクトに伝わってくる。

(本物の恋人や夫婦の休日みたいで……ドキドキする)

「み、深雪さんはっ」

勇気を出して呼びかける。

「なに？」

「どういうつもりで私と過ごしているのですか？　ごはんを作ってくれて、こんなふうに優しくして……ビジネスのための結婚なのに」

彼の行動の真意がさっぱり読めない。ミステリアスに彼は笑む。

「ゆうべも言っただろう。理子を俺に溺れさせてみたい。そのとき君がどんな顔をするのか、楽しみだ」

耳元でささやいた彼はそのまま理子のうなじをペロリと舐める。たったそれだけで、ゆうべの熱が身体の奥で再燃するのを感じた。

「わからないです、全然」

戸惑いを打ち明けた理子に、彼はいたずらっぽく瞳を輝かせる。

「言っておくけど、絶対に逃がさないから」

その強い声に理子のドキドキは加速していく。

「か、勝手に逃げたりはしません」

「まぁ、そうか。君はレオ&ベルのため、俺はリルージュのため。この結婚には明確な目的があるしな」

彼が発した目的という言葉に、心臓がざらりとする。

「さて映画もちょうど終わったし、そろそろ俺たちの結婚についての話をしよう」

同居のスケジュール、結婚式をどうするか。まるでビジネスプランを語るように彼の口はよどみなく動く。そのクールな表情は「誤解するなよ」と言うかのようで……

理子は先ほどまでの浮かれぶりを恥じた。

彼が理子を逃がしたくないのは、ビジネス上の利があるから。

(わかっていたはずなのに。ちょっと一緒に休日を過ごしたくらいで、普通のカップルみたいと思うなんて馬鹿だな)

やっぱり、自分たちは違うのだ。

四章　溺愛されるようです

七月。ギラギラと照りつける太陽に湿度の高い風、季節はすっかり夏本番を迎えている。初めて彼に抱かれたあの夜から、気がつけばふた月近くが過ぎていた。

深雪は正式にリルージュの社長に就任し、理子はレオ&ベルの新事業に邁進と互いに忙しい毎日を送っている。

「理子さん。見てくださいよ、これ」

向かいのデスクで仕事をしている希がテンション高めの声をあげる。彼女はなにかの雑誌の誌面を、理子に見せつけるようにかかげた。

「それ、今月号の『シネマ散策』?」

映画や舞台などの記事がメインの情報誌だ。仕事上の付き合いもあるので、会社で定期購読している。

「はい。リルージュ新社長、天沢深雪のインタビュー記事。映画界の未来について語るっていう内容ももちろんいいんですけど、この写真!　最高すぎますよ～」

希は悩ましげな吐息を漏らした。

理子もちらりと誌面に目を向ける。深雪は爽やかなライトグレーのスーツにブルーのネクタイ。話の内容は至って真面目そうだし、業界を率いるリルージュの社長交代の話題性を狙った記事なのだと理解はできるが……。

(カメラマンの判断か、出版社の意向か、どっちにしても〝ビジュアルのよさを最大限に利用しよう〟という思惑がひしひしと)

俳優のグラビア写真かと思うほど、どアップかつカメラ目線だ。深雪は先方の要望にばっちり応えており、そこらの芸能人などかすんでしまいそうなイケメンぶりだ。

「こういうの、好きじゃなさそうなのに」

ぽつりとこぼした理子の言葉を、希は決して聞き逃さない。

「えぇ、いつの間に天沢社長とそんなに親しくなったんですか？　同席してくれたのは初回の打ち合わせだけだったんじゃ」

「あ、いやいや。天沢社長じゃなくてリルージュがね！　歴史もあって、お堅めの会社に見えたから」

「なんだ、そういうことですか」

(希ちゃん、いやに勘が鋭いから気をつけないと)

深雪と理子の結婚の件はまだ世間には公表していない。天沢グループ御曹司の結婚ともなると、色々な根回しや段取りが必要なようだ。

「でも本当に楽しみです。『LBシネマ』のリリース日が！」

「うん。大成功を目指してがんばろうね」

リルージュという心強いパートナーを得て、新規事業はすっかり軌道にのり順調そのもの。サービス名称も無事に決定した。またしても芸がないが、レオとベルの英語名の頭文字から名づけた。当初の企画どおり単館系のマイナー映画の配信権利も次々と獲得できているし、オリジナル映画の製作といったようなワクワクする企画も立ちあがっている。

(悩みはしたけど、リルージュとの提携を決めてよかったな)

すべてがうまくいっているときの仕事は本当に楽しい。一日があっという間に過ぎてしまう。夜、レオ&ベルのオフィスを出た理子は思わずはぁと大きなため息をつく。

「なんだ、辛気くさい顔して」

「お兄ちゃん！」

打ち合わせから社に戻ってきたらしい喜一とばったり遭遇する。

「まだ仕事するの？」

理子が聞くと彼は軽くうなずいた。

「あとちょっと」

「充実しているのはわかるけど、健康管理もしっかりね。掃除とか大丈夫？　やっぱりお兄ちゃんひとりじゃ心配だなぁ」

ブツブツとつぶやく理子の顔をのぞいて、喜一は眉根を寄せる。

「やっとよりを戻せた深雪くんとずっと一緒にいたいから……と出ていったのは理子じゃないか。楽しい同棲が始まったばかりなのに、さっきのため息はなんだ？」

「えぇと、もちろん！　幸せいっぱいよ。今日だってたまっていた仕事を急いで片づけたんだから、深雪さんと過ごすためにね」

語尾にハートマークがつきそうなくらいに甘い声を出す。が、かえってわざとらしかっただろうか。喜一の表情はますます疑わしげなものになる。

「理子さ、なにか隠してないか？」

「ないない。さ、私は深雪さんが待っているからもう帰るね～。お兄ちゃんは仕事がんばって」

強引に話を切りあげ、喜一の背中をオフィスビルの夜間通用口のなかに押し込む。

(危なかった。お兄ちゃんの前では、幸せいっぱいの顔をしとかないと)

世間への発表や結婚式はまだ先になるけれど同居は急ぎたい。深雪がそう強硬に主張するので、理子は先日ついに兄と暮らしていたマンションを出た。喜一と楽次郎に家を出る理由を説明しなければいけなくなったので、『忘れられなかった初恋の彼とよりを戻せることになった』というストーリーをでっちあげた。楽次郎は心から祝福してくれたけど、喜一はやや疑問を抱いている様子だ。

（レオ＆ベルのためとはお兄ちゃんには言えない。責任を感じさせちゃうだろうし）

喜一の前では深雪への愛をアピール、社員の前ではリルージュ社長とはなんの関係もありませんという顔。器用に使い分けるのは難しく、心労の多い日々を送っている。

ここで暮らしはじめて二週間。ようやく豪華さに目がくらまなくなってきた深雪のマンションの玄関を開ける。いつもは理子が先だが、今夜は深雪のほうが早く帰っていたようだ。

「おかえり」

麗しい笑顔に出迎えられた。

「深雪さん、早かったんですね」

「今日は直帰だったから。といっても、もう夜九時過ぎだぞ。せっかく理子と一緒に暮らしているんだから、もう少しふたりでゆっくりしたいけどな」

彼はさりげなく理子のバッグを奪い、こめかみにキスを落とす。

(円満カップルの演技なのかなんなのか、いちいち甘くて……困る)

唇が触れた場所が熱い。彼に深い意図はないのだろうけれど、理子はつど反応してドキドキしてしまう。

ほんのり染まった理子の頬を見て、彼がつぶやく。

「……足りない」

「え?」

深雪の長い指が理子の顎を持ちあげる。そのまま今度は唇を奪われた。彼の腕が背中に回り、グッと強く抱き寄せられる。角度を変えながら何度も何度も、彼は口づけを繰り返す。

「んっ、深雪さん」

息つく間も与えてもらえず、理子は呼吸を乱した。頬は先ほどよりさらに赤みを増している。

唇を離した彼は、理子の髪をそっと撫でて苦笑する。

「困るな。理子に会うとすぐにキスしたくなるし、キスをすると抱きたくなる」

「だ、え、えぇ」

動揺しすぎて、言葉にならない。彼の吐息が理子の耳をくすぐる。ぞくりとして変な声が出た。

「んんっ」

「理子のそういう声、すごく好きだ」

甘噛みするように、彼がかぷりと理子の耳たぶを食む。背中を撫でる手つきもやけに色っぽくて、理子の身体を溶かしていく。

「そういえば、ゆうべの君はいつもより大胆でかわいかったな」

艶っぽい声でささやかれたら、理子だって思い出してしまう。

(ゆうべ……)

昨日のベッドのなかでの記憶が鮮明に蘇ってくる。

彼の乱れた前髪と情熱的な瞳、引き締まった腹筋。

『理子。どうしてほしい? ほら、ちゃんと自分で言って』

散々に焦らしたあとで、彼は意地悪に笑った。

(私、なんて答えたんだっけ)

本当は覚えている。でも、これ以上は恥ずかしさで頭が爆発する気がした。

ビジネス婚。その冷たい響きとは裏腹に、まるで本物の夫婦のような熱い夜をもう幾度も過ごした。身体の関係だけではない。普段の生活でも彼は優しく、理子を妻として扱う。盛大に勘違いしてしまいそうになる自分が、なんだか恐ろしい。

深雪の舌が首筋を這う。

「あっ、待って」

甘い声を漏らした理子の顔をのぞいて、彼はSっ気のある笑みを見せる。

「理子の『待って』は『もっと』の意味だろう？」

「深雪さん！」

涙目になった理子ににらまれて、彼はふっと口元を緩めた。

「ごめん、ごめん。ちょっといじめすぎた」

大きな手が理子の頭をポンと叩く。

「けど、理子にも責任があるよ」

「ど、どうしてですか？」

理子としてはおおいに反論したいところだ。頭に置かれていた手が頬へとすべる。

彼の親指が理子の唇をなぞった。

「こんな煽情的な表情を見せられたらさ。理性がぐらつくのも当然だろ」

深雪は理子から離れ、キッチンへと向かう。

「食事にしようか。君が帰ってくるまで待っていたんだ」

とくに取り決めをしたわけではないけれど、食事は先に帰宅したほうが作る流れになっている。なので、今夜の調理担当は彼だ。

メインは白身魚のムニエル、副菜は野菜たっぷりのスペイン風オムレツ。彩りの美しい料理に舌鼓を打つ。

「そういえば、会社で『シネマ散策』の記事を読みました」

「あぁ。もう発売日を迎えたのか」

「興味深いテーマでよかったです」

「ありがとう。写真はどうだった？」

どこかおもしろがるように深雪は目を細めた。

「写真は、その、もっと知的なイメージのほうが深雪さんには似合いそうかなと」

「ははっ。俺ももっと引いた写真のほうがよくないか？と提案したんだけど、顔のアップのほうが売れるそうだよ」

やはり理子の推察どおり、あの写真は狙ったものだったようだ。なんだか複雑な気分だったが、彼は平然としている。

「ま、その程度でリルージュと『LBシネマ』の宣伝になるなら安いものだ」

使えるものはなんでも、自分の美貌さえ利用するということなのだろう。ビジネスにおいて、彼はとても貪欲だ。

「次は喜一と一緒に撮ってもらおうかな？　彼はほら、母性本能をくすぐるタイプだから女性客に訴求できそうだ」

「いやいや、あのお兄ちゃんがカメラに向かってにっこりなんて無理ですよ。それに、私はああいった戦略はあまり……」

理子の浮かない顔に深雪は気がついたようだ。

「なるほど。理子はああいう写真は好みじゃないわけか。なら、やめるよ」

「え？　いえ、決して反対しているわけじゃ！」

実際に深雪はとても素敵で、あの写真に目を留めて記事の内容に興味を持ってくれる読者も絶対にいるはず。それはレオ&ベルにとってもメリットなわけで……理子が反対する理由はない。だけど……。

深雪の瞳が妖艶に光る。

「なんだ、違うの？　嫉妬なら嬉しいと思ったのに」

「し、嫉妬⁉」

思いがけない指摘をされて理子の声が裏返る。

「そう。雑誌を見る世の女性にヤキモチを焼いてくれたのかと思ったんだけど」

「ち、違いますよ」

自信なさげに語尾は小さくなっていく。

（とも言い切れないのかな？　このモヤモヤは嫉妬なの？）

食事を終えて皿をキッチンへ運ぼうと理子は立ちあがる。その背中を深雪が抱き締めた。

「なんでしょうか？」

彼は理子が手にしていた皿をもう一度ダイニングテーブルに戻す。それから、理子の頬をつかんで強引に自分のほうを向かせた。

「食後のデザート」

「んっ」

彼の舌が理子の口元をペロリと舐め、そのまま唇を重ねられた。軽いキスなのに、全身が痺れたように自分の意思では動かせなくなってしまう。

解放された唇から理子は浅い息を吐く。目の前には彼の熱をはらんだ瞳。

「理子はレオ&ベルの広報的な仕事も担っているようだけど、メディアへの顔出しは厳禁で頼むよ」

「禁止されなくても、顔出しでの取材依頼なんてまずないですよ」

彼が急にそんなことを言い出す理由がわからない。

「それはいい。今後も絶対に出さないこと」

「どうしてでしょう？」

自分より喜一のほうが訴求力があるという意味だろうか。正直、深雪と違って自分たち兄妹はどちらもたいしたアピール力はないと思うのだが。

深雪はクッと苦笑して、理子の頬を撫でる。

「危なっかしいなぁ、理子は。自分の魅力を全然わかってない」

なにが言いたいのだろう。理子は上目遣いに彼を見て、首をかしげた。

「理子には男を狂わすなにかがある。だって……この俺が惑わされているんだから」

「あっ」

すべてを食らい尽くすみたいに、彼は理子の唇をむさぼった。食事の前にしたキスよりもっと激しい、思いをぶつけるようなキスだった。

（惑わしてくるのは深雪さんのほう。眼差しひとつ、指先ひとつで、私はなにも考えられなくなってしまう）

長い長いキスのあとで彼が言う。

「次の週末は泊まりでどこかに出かけよう」

「え、でも今は『LBシネマ』関連の仕事が大詰めで」

「だからだよ。ワーカホリックは長期的に見るといい結果をもたらさない。意識してほかの予定を入れることも大事だ」

あいかわらず、紳士なのに有無を言わせない圧がある。

(でもたしかに。このところオフィスにこもってばかりで、アイディアが枯渇している感じかも)

「最近の理子は少し根を詰めすぎだ」

彼はさりげなく、でもしっかりと理子のことを見ている。こういう言葉からもそれが伝わる。

「わかりました」

理子はちょっと笑って返事をした。

「どこに行きたい？　海、山、高級ホテル、老舗旅館、理子の希望を叶えるよ」

「ええっと、急に言われても。深雪さんは？」

煽情的にほほ笑んで、深雪は理子に顔を寄せる。

「俺はいつもと違うシチュエーションで君を堪能したいだけ。場所はどこでもいい」

低く甘い声に肌がぞくりと粟立つ。一瞬で顔がかっと熱くなった。

（た、堪能って……）

「別にやらしい意味じゃない。あぁ、もし理子が期待してるなら全力で応えるけど」

「な、なにも思っていません！」

バレバレのその嘘に深雪はクスリとする。

「じゃあプランは俺に任せて」


そうして迎えた約束の日。空は真っ青に澄んでいて、夏らしい白い雲が浮かぶ。

理子を助手席に乗せて、彼は車を走らせた。ハンドルを握る横顔が凛々しくて、ドクンドクンと理子の心臓がうるさくなる。

（考えてみたら、車って狭い空間にふたりきりだし。空気が濃密な気がする）

ただの移動手段なのに、そんなことを思う自分のほうがどうかしている。わかっているけれど、彼の隣はどうにも心が乱される。

彼はフロントガラスを見つめたままで、ふっと口角をあげる。

「なにをそんなに緊張しているんだ？」

「え……」

「俺たちは婚約者で、すでに一緒に住んでいるのだから旅行くらいでそう動揺することもないだろう」

「それはそうなんですけど」

ひとつ屋根の下で暮らし、キスやそれ以上の関係もあって……たしかに、そろそろ慣れてもよさそうな頃合いではある。

(でも、ちっとも慣れる気がしない)

朝起きて、隣に彼がいるだけでドキドキする。キスされるたびに、頭が真っ白になってなにも考えられなくなる。

理子の目が彼の横顔をとらえる。シャープな顎のライン、男らしい首筋や肩。今だって、見つめているだけで鼓動が速くなっていく。

「運転する深雪さんが……かっこいいから」

緊張の理由を正直に告げた。彼はパチパチと目を瞬いたかと思うと、くしゃりと無邪気な笑顔を見せた。

「再会してから、そんなふうに言ってもらったのは初めてだな」

「そんなことはないかと……」

「あるよ。間違いなく初めてだ」

少しむきになって、彼は断言する。

「俺も君を笑えない。毎日会っていても、君のちょっとした言葉や態度にいつまでも翻弄されるばかりだ」

「ほ、翻弄なんかしていません」

「無自覚だから余計に質が悪い」

(これじゃ、ごく普通の両思いのカップルみたい)

自分たちは違うのに、勘違いしてしまいそうだ。

深雪の愛車は高速道路を駆け抜けていく。どこへ行くのか尋ねてみると、「草津温泉」というちょっと意外な答えが返ってきた。

「国内旅行は本当に久しぶりだから、日本らしい場所に行きたくて。よかった?」

「はい！　私、温泉街って大好きです。古い邦画に出てきそうな雰囲気がたまらなくて」

「じゃあ次に時間が取れたら京都に行こうか。太秦辺りを回るのも楽しそうだ」

草津は東京からのアクセスがいいのも魅力だろう。退屈する間もなく、彼が予約してくれた旅館に到着した。賑やかな温泉街から少し離れた場所にひっそりと佇む隠れ家風の宿で、派手さはないのにそこかしこに高級感が漂っている。すべての部屋が離れのようになっており、すごく贅沢な造りだ。

通されたのは一番奥の建物。ほかの棟よりもさらに広々としていて豪華だった。

インテリアは和モダンと呼ぶのだろうか。市松模様になった琉球畳、障子の張られた丸窓、蒔絵の調度。大きなベッドはロータイプで、足元に敷かれたベッドスローは金茶色。すべてが洗練されていた。

「うわぁ、すごいお部屋ですね」

「気に入ったのならよかった。温泉は部屋についているから、いつでも好きなときに入れるよ」

彼が目線で示した先には庭があり、そこに部屋つきとは思えない大きさの露天風呂が設置されている。内風呂から直接出入りできるようだ。

ゆったりと足を伸ばせそうな楕円形の湯船はヒノキ造り。その横には涼むためのリクライニングチェアが二脚。緑あふれる庭には小さな石の灯籠が置かれている。

風情があって、素敵な庭だ。

（お風呂。もしかして一緒に入るのかな……）

庭を見つめて頬を染める理子の様子で、すぐになにを考えているか察したのだろう。深雪はニヤリと笑って理子の手を取る。

「もちろん一緒に入るよ。理子がどんなに嫌がってもね」

後半の台詞は耳元でそっとささやかれた。

「こ、こうやって逃げ道を塞ぐのはずるいと思うんですけど」

軽く彼をにらみつけて訴える。

「今頃気づいた？ 俺は欲しいものには手段を選ばない卑怯な男だよ。気をつけて」

にこやかな笑顔で、さらりといなされてしまった。「さ、浴衣に着替えて散歩に出よう」と彼はあっさり話題を変える。

宿の夕食までは時間が空くので、深雪の提案どおり温泉街に遊びに行くことにした。宿で貸してくれる浴衣のまま外に出ても構わないらしい。高級旅館なだけあって、浴衣も豊富な色柄から自由に選べた。彼は無地の抹茶色、理子は山吹色に白い花模様の一着に決めて、着替えを済ませた。

「わぁ！」

この町のシンボルでもある湯畑を前にして、理子は弾んだ声をあげた。力強く流れ落ちる湯滝の音、立ちのぼる白い湯気。間近に見ると迫力がある。

浴衣姿の観光客、昔ながらの商店、ノスタルジーあふれる街並みを眺めているだけでも楽しい。空の色が刻々と移り変わっていく夕暮れという時間帯も、旅情をより高めてくれる気がした。

「ワクワクしますね」

隣の深雪に笑顔を向ければ、熱い視線を返される。美しい瞳にじっと見つめられるとどうにも落ち着かない。

「えっと、なにか？」

「浴衣、よく似合う。そういう色は理子にぴったりだ」

ストレートに褒められ、嬉しさと気恥ずかしさが交錯する。

「……ありがとうございます。昔から黄色系が好きなんですよね」

理子は子どもの頃から赤やピンクより黄色が好きだった。女の子らしすぎず、かといってクールでもない。自分の個性にぴったりくる色……だと思っている。

そんな話をすると、深雪は柔らかく目を細めてうなずいた。

「うん、たしかに。理子らしい色だな」

そういえば、と彼は続けた。

「昔さ、一緒に行く予定だった花火大会が中止になったの、覚えてる？」

「あぁ、はい！　その日にかぎって、ものすごい豪雨で」

理子も懐かしさに頬を緩めた。とても楽しみにしていたのに、朝起きたら窓の外は暴風雨で心底がっかりしたことをよく覚えている。

「あのとき、花火大会のためにレモン色の浴衣を買ったと話してくれたよな」

彼の話で記憶がどんどん鮮明になってきた。深雪の言うとおり、理子は浴衣を新調したのだった。親友の葵に付き合ってもらって、いくつも試着をして散々に悩んだ。

「そうでした！　王道の紺色の浴衣とすごく迷って、でも――」

言いかけて理子は言葉を止める。レモン色のほうを選んだ理由は、深雪が『理子は明るい色が似合う』と言ってくれたことがあったからだ。

（あの頃の私は……本当に雪くんが大好きで、毎日が彼一色だったな）

目の前にいる現在の彼と当時の彼が重なって見えて、理子は焦って目をそらす。

「そ、そんな細かい情報までよく覚えていましたね。さすが！　記憶力が常人とは違う」

「君のことだから、覚えているんだ」

低く、言い聞かせるようにささやかれて理子の胸がざわめいた。甘くて、不穏で、心に小さな嵐が吹き荒れる。

結局、あのレモン色の浴衣に袖を通す機会は一度も訪れなかった。『また今度』という約束は果たされることなく、彼と別れてしまったから。

深雪の顔がスッと近づいてくる。

「理子の浴衣姿を本当に楽しみにしていたんだ。だから、今日やっと念願が叶った」

とろけるような彼の笑顔。でも理子はちょっと拗ねたい気分になる。

「今さら、そんな社交辞令はいいですよ。『暑いし、歩きにくいだろうから洋服でいいよ』と言われたの、覚えていますから」

彼は理子の格好になど興味がなさそうで、周囲の友達が彼氏に浴衣をリクエストされているのがすごく羨ましかった。花火大会の中止だって、残念がっていたのは理子だけで深雪は『また次があるよ』と平然としていた。花火大会だけじゃない。電話をかけるのもデートに誘うのも、理子からばかり。好きの重さがちっとも釣り合っていない事実が、寂しくて仕方なかった。

「今なら、二歳差はほぼ同世代と思いますけど。当時の私には雪くんはすごく大人で、遠い存在に思えて……不安でたまらなくて」

言ってしまってから、はたと気がつく。

（これじゃ、身勝手に別れを告げた自分を正当化しているみたい）

「ごめんなさい、今の発言は忘れてください！」

深雪がふっと忍び笑いを漏らす。

「あの頃の俺、理子よりずっと子どもだったと思う」

「え？」

「嫌われたくなくて、かっこつけることばかり考えてた。浴衣を着てほしいと言ったら、ガツガツしているように思われるかな？とかね」

自虐的に深雪は笑う。

「理子に幻滅されないよう、ちゃんとした男を取り繕うことに必死だったんだよ」

そんな本音は初耳だ。信じられないような気持ちで理子は目を見開く。

（私ひとりが空回りしていたわけじゃなかったの？ 不安だったのは彼も同じ？）

「まぁ、昔の話は今さらだな。ほら、せっかくだし散策しよう」

彼にエスコートされて街を歩きはじめたけれど、理子の心はあの頃の思い出から帰ってこられない。かつての自分が彼に投げつけたひどい言葉が、グルグルと頭のなかを回っている。

「深雪さんっ」

「ん、どうした？」

「その、えっと」

たとえ言い訳がましくても、ほかの男性に心変わりは誓ってしていない、ずっと深雪だけを思っていたことを彼に知ってほしくなった。だけど、いざ打ち明けようとするとどう言葉を紡いだらいいのか迷ってしまう。

（あの秘書さんの話をしたら……天沢家を非難しているように聞こえてしまうかも。どう話したら伝わるだろう？）

難しい顔で黙り込む理子を深雪は不思議そうに見ている。それから、彼はポンと手を打った。

「あぁ、そこのおまんじゅう？　たしかに夕食の前だけど、半分ずつにすれば大丈夫じゃないか？」

理子の悩ましげな様子はまったく別方向に解釈されてしまったらしい。

（おまんじゅうを食べるかで迷っていたわけじゃないのに！）

「あ、いや。そうじゃなくて――」

「買ってくるから待っていて」

理子の言葉を遮って、彼は店に入っていく。結局タイミングを逃してしまい、過去の打ち明け話はできなかった。

雑貨屋をのぞいたり、射的を楽しんだり、ふたりともすっかり童心に返って温泉街を満喫した。

「射的、すごく上手ですね！　びっくりしました。やっぱりアメリカ暮らしが長いからですか？」

「いやいや。たしかに実弾を撃てる射撃場があったりはするけど、趣味にしている人はそう多くないよ。俺も渡米直後に興味本位で一度行っただけだし」

理子の安直な発想に深雪は苦笑している。

「じゃあ、才能ですね。どの分野にも才能があって、ちょっと妬ましいくらいです」

理子は唇をとがらせた。どんなに考えてみても、深雪の苦手なものはなにひとつ思い浮かばない。

「さっきの射的がうまくいったのは……理子が見ていたからだよ。俺は昔も今も、君の前だとかっこつけたくて仕方なくなるらしい」

「ははっ」と白い歯を見せた深雪の笑顔に魅入られてしまう。胸がギュッと締めつけられて、呼吸が苦しくなる。

（どうしよう。この結婚はビジネスだって理解しているのに）

もうずっと男性にときめきを感じられなくなっていて、枯れてしまったとまで思っていたけれど……深雪の隣ではうるさいくらいに心臓が騒ぎ立てる。

夕食は、地場の食材を取り入れた本格懐石料理が並ぶ。部屋食なので、すっかりリラックスして楽しんだ。

メインの陶板焼きの豚肉は柔らかくて、甘みとうまみが口いっぱいに広がる。宿の自慢だという、舞茸の天ぷらがのった蕎麦も喉ごしがよくてペロリと食べきれてしまった。

「天ぷら、サクサクですごくおいしかったです！」

「気に入ったのならよかった。甘味は季節の果物と桃のムースだって」

お品書きを手に取った彼が教えてくれる。

「わぁ、桃！　大好物です」

すぐにデザートが運ばれてきた。理子が大喜びでスプーンに手を伸ばそうとしたとき、深雪が口を開いた。

「食事が終わったら、風呂に入ろうか」

理子の手がぴたりと止まる。食事をしているこの場所からもよく見える、庭の露天風呂。間接照明のほのかな明かりで、昼間よりも一段とムードが増している。

『もちろん一緒に入るよ』

部屋に着いたときの彼の台詞を思い出してしまった。

（ほ、本当に一緒に入るのかな？　よく考えたらやっぱり恥ずかしいような……同じ裸を見られるという状況でも、ベッドのなかとお風呂って全然違うよね）

考えるほどに意識してしまって、大好きな桃のデザートの味もわからなくなる。

「おいしい？」

彼の声も瞳も、やけに艶めいて感じる。抹茶色の浴衣からのぞいている鎖骨がなんとも色っぽく、直視できない。

「は、はい。すごく」

食事を終えた理子は立ちあがり、意味もなく部屋をウロウロする。そういうムードをつくらなければ、彼がひとりで先に入ってくれるかな？と期待して。でも——。

ふいに背中が温かいものに包まれた。耳元にふぅと吐息がかかる。

「悪いけど理子の策略にはのらないよ」

どうやら見抜かれていたらしい。理子が軽く振り返ると、彼はどこか甘えたような声で言う。

「今日のために、必死で仕事を片づけたんだけどな」

「あ、えっと」

「俺と一緒に入るのは、そんなに嫌？」

彼の綺麗な瞳に射貫かれる。こちらが嫌とは言えないことなど、わかったうえでの発言だろう。

（深雪さんは、ずるい）

うつむいてしまった理子の顎を彼がクイと持ちあげる。ダメ押しのような甘い笑み。

「逃がさないよ、絶対にね」

唇に温かなものが降ってくる。ぬるりと侵入してきた舌先が理子の脳を溶かして、ますます抵抗できなくさせてしまう。目の美しい青々とした畳の上に、ぱさりと朱色の帯が落ちる。深雪の大きな手で素肌を探られ、理子は細い肩を跳ねさせた。

「み、ゆきさん」

「理子が欲しい」


静かな庭に理子の艶めいた声が響く。

「はっ、んん」

「いい声。我慢せずにもっと啼いて」

吐息交じりに言って、深雪は理子のうなじにキスを落とす。

身体が熱くてたまらないのは湯温のせいか、それとも背中から伝わる彼の熱のせいだろうか。

ヒノキの香りに包まれる湯船は十分な広さがある。それにもかかわらず、彼は理子にぴたりと密着して離そうとしない。

彼の両手が下から持ちあげるように、やわやわと理子の胸をもてあそんだ。時折、指先が敏感な場所をかすめていく。

「あっ、んん」

理子は耐えきれず反応してしまうけれど、彼はなんだか楽しげに気づいていない顔を続ける。焦らされるほどに、身体は疼きを増していく。

「み、深雪さん」

もどかしさに潤む瞳で彼を見あげると、深雪はニヤリと笑む。

「たまらないな、理子が俺を欲しがる顔。ほら、もっとよく見せて」

濡れた彼の手が理子の頬を撫でる。彼の笑みは美しく、妖しい。

「かわいい理子、どうやって陥落させようか？　君が俺なしじゃ生きられなくなるようにね」

その台詞はなにかの呪文めいて聞こえて、本当に言葉どおりになっていく気がした。いや、もうすでに抜け出せないところまで堕ちているのかもしれない。

喘ぐような声で理子は言う。

「そうして、捨てる？　それが私への復讐ですか？」

ビジネス上の役目を終えて、理子が彼に溺れきったら、離婚を言い渡されるのだろうか。それならば彼の発した『復讐』という単語にも納得がいく。

「うん、それはたしかに綺麗な復讐だ。一本映画が撮れそうだね。けど」

彼の瞳が切なげに細められる。深雪はじっと理子だけを見つめていた。

「俺はどうしたって……君を捨てられないだろうな」

「深雪さん？」

「二度目の別れがあるとすれば、おそらく今度も手を離すのは理子のほうだ」

大人になった今の彼に、かつての雪くんが重なる。あの日と同じ悲しそうな微笑に理子の胸が締めつけられた。

(私、ちゃんと謝らないと。手を離してしまった本当の理由を……)

開きかけた理子の唇が彼のキスで塞がれる。熱く、深く、どこまでも甘い。

「まぁ、今度はどんな手を使ってでも逃がさないから覚悟して」

「はっ、深雪――」

呼びかける理子の声を遮って彼は命じる。

「お喋りは、もうおしまい。この先は喘ぎ声だけ聞かせて」

彼の指が理子の胸の先端をギュッと強くつまむ。

「ほら、これが欲しかったんだろう」

待ちわびていた甘い刺激に、理子はあられもない嬌声をこぼした。

「ひ、あんっ」

爪弾いて、転がす。さっきまでは知らんぷりだったのに、今度は執拗にそこばかりを深雪は攻めた。

「こっち向いて」

彼がくるりと理子の身体を反転させる。膝をついた状態になって、胸の辺りが完全にお湯から出る。夏の夜のぬるい風がほてった身体を撫でていく。深雪はじっとこちらを見ている。

「綺麗な肌。ここも」

「ああっ」

彼の指が胸の頂を押しつぶす。

「たまらなくかわいいから、いじめたくなる」

言って、彼はもうひとつの果実にしゃぶりつく。ざらりとした舌が与える切ない刺激に理子はおおいに乱れた。

「深雪さんっ、ダメ。もうっ」

「ダメじゃないよ。もっと俺の手で乱れて、この腕のなかで啼いて」

鎖骨の下辺りを、痕が残るような強さで吸われる。

「はぁ、やあ！」

胸への愛撫だけで達してしまいそうになる。理子の瞳が涙に濡れた。

物欲しそうな顔をしていたのかもしれない。深雪がゴクリと喉を鳴らす。

「続きをしてほしい？」

羞恥に顔を赤くしながらも理子はうなずいた。高まる熱を解放しないと、どうにかなってしまいそうなのだ。

「じゃあ、ベッドに行こうか。ここじゃ理子を堪能できないから」

彼は理子の手を取って、湯船からあがった。脱衣所に着くと、大きなバスタオルをかけてくれた。そのままタオルごしに背中からギュッと抱き締められる。

「このまま、理子を俺のなかに閉じ込めてしまいたいな」

目の前にある鏡に、裸のままの自分たちが映っている。自身のとろけきった顔も、たった今深雪が残した熱いキスの痕も、直視に耐えられなくて理子は顔を背けようとする。が、彼の手がそれを阻止した。

「ちゃんと見て。俺の手で自分がどうなっていくのか」

「み、深雪さん」

耳の裏、耳孔、彼の舌がくすぐるように這っていく。手は理子の脇腹から内ももへとすべり落ち、いやらしく素肌を探る。彼の指先が秘部の入口を撫でさすると、とろりとした蜜があふれた。

「理子の身体、だいぶ俺になじんだな。ほら、聞こえるだろ？」

彼が指を進めるたびに、はしたない水音が響く。

「い、言わないでください」

それを聞いた彼はクスクスと笑う。

「恥ずかしがる姿は俺を燃えさせるだけだよ。それとも、それが狙い？」

夜の彼はすごく意地悪だ。理子を攻め立て、追いつめる。入口を広げられ、指がもう一本追加された。

「あ、あぁぁ」

鏡のなかの自分が彼を欲しがって啼く。深雪はほんの一瞬真顔になったかと思うと、弱ったような笑みを見せる。

「やっぱり、俺から理子の手を離すことはないな。この顔をほかの誰かに見せるのは我慢ならないし」

腰に熱いものが押しつけられる。

「ここでいい？　もう限界。一度で終われる気はしないしベッドは二度目にしよう」

軽く振り返れば、劣情のにじむ彼の瞳が間近にあった。深雪はふっと目を細める。

「その顔は、イエスと解釈されても文句は言えない気がするけど？」

理子は小さくうなずいた。洗面台に両手をついて、前のめりの姿勢にさせられる。

そこに彼が覆いかぶさってきた。下腹部にズンという衝動が走る。

「あぁ、深雪さん！」

彼が動くたびに熱が膨れあがって、快感が増していく。彼の手が理子の胸元に回り、先端を強くつままれる。

「ひゃんっ」

激しく突きあげられ、膝も腰もガクガクと震える。

「こうされるの、好きだろう」

「ん、あっ、あっ」

もう言葉を紡ぐ余裕などなかった。

鏡の前というシチュエーションはたまらなく恥ずかしいのに、いつも以上に乱れてしまう。

「薄々気がついていたけど、理子は恥ずかしいほうが興奮する性質なんだな。いやらしくて、最高だ」

耳元で彼がささやく。

「諦めて。君は未来永劫、俺のものだよ」

五章　溺愛は加速していくようです

翌日。深雪との夜が情熱的すぎたおかげで、ずいぶん朝寝坊してしまった。

脱衣所で激しく求め合ったあとはベッドに移動して、今度はじっくりと甘く愛し尽くされた。その後はお酒を飲みながら、テレビでたまたまやっていた古い洋画をふたりで観た。さらに寝る前にもう一度抱き合って……。ようやく眠りについたのは、いったい何時頃だったのだろう。

理子の身体にはまだ余韻がたっぷりと残っている。

(こんなの、癖になりそうでちょっと怖い)

深雪と肌を重ねる時間は中毒性が高くて、一度味わったらもう抜け出せない。溺れきってしまいそうで恐ろしくもある。

ベッドに浅く腰かけて荷物をまとめながら、理子はそんなことを考えていた。すると、着替えを終えた深雪がやってきて隣に座った。

「そろそろチェックアウトの時間だけど、準備できた?」

「はい。あとはスマホの充電器をしまうだけです」

彼の手が伸びてきて、理子の頬に触れた。

「ちょっと疲れた？　三回も……は、やりすぎだったかな」

爽やかな顔で言うことではないと思うが、彼は気にしていないようだ。照れているのは理子だけ。

「いや、その……」

「無理させて悪かった。と言いつつ、今後も自重できる自信はあまりないけど」

深雪がすまなそうにするので理子は慌てて首を横に振った。

「いえ！　私もすごく気持ちよかったので……」

言ってしまってから、ハッと両手で口を覆う。とんでもない発言をした羞恥で顔が熱くなる。

「あ、えっと」

深雪は「ははっ」と楽しそうな声をあげた。理子を見て、にっこりとする。

「すごく気持ちよかったんだ。それは光栄だな」

「や、あの違う……というわけでもないんですけど」

理子の苦しい言い訳に深雪は目を細める。

「なら、今後も遠慮なく抱くから覚悟しておいて」

これまた爽やかに言い切られてしまった。

理子を助手席に乗せた深雪の車が草津の街から遠ざかっていく。

「名残惜しいなぁ」

窓の外を眺めて理子はつぶやく。山や田畑はどんどん少なくなり、マンションやビルが増えていく。

「草津、そんなに気に入った？」

「はい。すごく」

温泉街の散策、おいしい食事。楽しかったシーンが次々と思い出されて、旅の終わりの寂しさがつのる。理子はそっと彼の横顔を見つめた。

（草津温泉ももちろんよかったけど、深雪さんと一緒だったから……）

きっと彼となら、どんな場所でも同じように楽しかったはず。自分がそう確信していることが、なんとも悩ましい。

（ビジネス婚といいながら、私はやっぱり彼のことが）

あの頃も今も、理子の心を動かすのは深雪だけなのだ。

（でも、この気持ちは抑えないと）

いくらなんでも今さら都合がよすぎる。この思いを彼に悟られるわけにはいかない。

「今夜の夕食は東京に戻ってからかな。和食が続いたし、フレンチはどう？」

理子の悩みには気づかない様子で、深雪は明るい声を出す。

「私はなんでも構いませんけど、こんなに贅沢していいのでしょうか」

草津の宿も、ものすごく高級だった。彼にとっては日常なのだろうが、理子からすると豪遊しすぎている感覚だ。

深雪はニヤリと笑ってみせる。

「『LBシネマ』成功の前祝いだよ」

さりげなくプレッシャーをかけられてしまった。が、理子もこの事業には自信を持っている。強気の笑みを返した。

「そういうことなら、ありがたく」

「優秀な右腕を持った喜一が羨ましいな」

「リルージュに損をさせないようがんばりますね」

恋愛経験が乏しく妻としては至らない点も多いぶん、ビジネスパートナーとしては深雪をがっかりさせたくない。そう思った。

それからふと、自分の洋服に視線を落として理子は「あ」と声をあげた。

「どうした？」

「食事の前に、家に戻って着替えたほうがいいでしょうか」

深雪はラフな休日ファッションではあるもののジャケットを着用しているので問題なさそうだが、今日の理子はブラウスにデニムという動きやすさを最優先した服装だ。深雪が選ぶレストランなら、ドレスコードがあるかもしれない。

「あぁ。そういうことならドレスをプレゼントしよう」

さらりと言われ困ってしまう。

「えぇ、そこまでしてもらうわけには！　家には一応それなりのワンピースくらいならありますし」

母がもう着ないからと譲ってくれた洋服が、クローゼットのなかにいくつか眠っている。深雪にそれを伝えたが、彼は意見をひるがえす気はないようだ。

「お母さんのドレスはまたの機会に取っておいて。今日は俺がプレゼントする。もう君に着てほしいドレスのイメージも浮かんでいるから」

深雪の声はワクワクと弾んでいる。こんな表情を見せられては、なにも言い返せなかった。

しばらくして車が都内に入ると、深雪はそのまま六本木方面へと走らせた。商業施設の立ち並ぶエリアのパーキングで車を停め、彼は先におりて助手席の扉を開けてくれた。そしてエスコートするように手を差し出す。

「あ、ありがとうございます」

お姫さまのように扱われ、胸がときめいた。

「浴衣姿もよかったが、ドレスも似合うだろうな。楽しみだ」

(もしかして……という気はしていたけど、やっぱり)

深雪が理子を連れて足を踏み入れたのは、誰もがその名を知るハイブランド店。憧(あこが)れのブランドバッグなどで名前があがることも多い店だが、ドレスに袖を通したことがあるのはごく一部のかぎられた女性だけだろう。

ブランドイメージはモダンかつ華やか。コレクションブランドとしては比較的シンプルなドレスも多いが、そのぶん着る側の素材がためされる。つまり『ドレスに負けている』と判断されがちな、着こなすのが難しいブランドなのだ。

あれは理子が高校生の頃だった。母、夕子がなにかのパーティーでこのブランドのドレスを着用して、その姿がとても素敵だった。純粋な憧れから『一度だけ着てみてもいい?』と頼んだ理子に、夕子はこう返した。

『十代の小娘に着こなせるブランドじゃないわよ。あと十年は待ちなさい』

十代の小娘ではなくなったものの、着こなせるようになったとは到底思えない。

「あ、あの」

理子はおずおずと声をあげる。

「どう考えても、私には背伸びしすぎです」

袖を通す前から〝負け〟は確定している。三つ星レストランだって、すべての客にここまでの装いを求めているわけではない。きちんとした百貨店で購入した品のいいワンピースで十分だろう。身の丈に合わない装いは、かえって品を失う。深雪がそれを知らないとは思えないのだが。

「そんなことない。大人になった今の君にぴったりだ。このブランドは理子をミューズにしているのかと思うほどにね」

近くにいる店員に聞こえてやしないかと、理子はおおいに焦った。

(は、恥ずかしい。お世辞にしても無理がありすぎる)

まさか彼は理子に恥をかかせようと画策しているのでは？　そう疑いたくなってしまう。深雪は美しく笑む。

「いいから。とりあえず着てみよう。どの辺りが好みだ？」

彼はきらびやかな高級ドレスたちに目を向けながら理子に尋ねる。

「そんなこと聞かれても」

言葉に詰まる。格の違うブランドすぎて、選び方すらわからない。

「じゃあ俺が見繕ってもいいか？」

「お任せします」

理子はうなずいた。深雪は迷うそぶりもなく、次々とドレスを選んで店員に渡していく。

「もう少し淡い色合いのものはありますか？」

「でしたら、こちらなどはいかがでしょうか」

「あぁ、素晴らしいですね」

理子ひとりなら間違いなく冷やかしと思われただろうが、上流階級のオーラを存分に漂わせる深雪が一緒なので、店員も親切かつ熱心に接客してくれる。

淡い桜色の清楚(せいそ)なロングドレス、ほんのり肌が透けるブラックの大人っぽい一着、それからまろやかなクリームカラーのミニマムなドレス。深雪が選んだ三着と一緒に、理子は試着室に送られる。

（もう、なるようになれだわ）

開き直って着せ替え人形に徹することにした。ドレスを着替えるたびに深雪の前に出て、彼の熱い眼差しを受け止める。

「あぁ、こっちもいい。迷うな」

「ディナーのご予定でしたら、少しセクシーさのあるこちらの一着はぴったりかと！ですが、先ほどのピンク色は本当にお似合いでしたし……悩ましいですね」

本人より、深雪と店員のほうがよほど熱心だ。

「えっと、じゃあ最後の一着に着替えてきますね」

理子としてはこの拷問にも似た時間を早く終わらせたい。クリーム色のドレスを手にしてカーテンを閉めようとすると、深雪が甘く口元を緩めた。

「俺の本命はそのドレスなんだ。楽しみにしている」

理子は万が一にも傷をつけたりしないよう、全神経を集中させてドレスを脱ぎ、新しい一着をその身にまとう。

（これが深雪さんのイチオシかぁ）

先ほどの二着のときは恥ずかしさから自身の目ではほとんどチェックしなかったけれど、今回はふと鏡に目を向けてみた。前の二着よりはデザインも装飾も控えめなので、まだ見られるような気がしたからだ。

鏡のなかの自分が驚いたように目を丸くしていた。

シンプルなカッティングの膝丈Aライン。黄味がかったクリーム色でウエストのリボンだけが黒。首元は鎖骨の見えないボートネック、まっすぐなラインのノースリーブ。フレンチシックとでも呼ぶのだろうか。レトロで上品、肌は露出していないのに色っぽい。

ハンガーにかけられた状態より、実際に着てみたほうがずっと魅力的に見える不思議なドレスだ。

(うん、これなら)

明るい、健康的、快活という理子本来のキャラクターを引き立てていて、我ながら悪くないと思えた。

「どうでしょうか？」

「思ったとおり、決まりだな」

満足そうに目を細める深雪の隣で、ずっと付き合ってくれた店員の女性も深くうなずいている。

「靴とバッグ、ジュエリーもドレスに合わせて揃えていただけますか？」

「お任せくださいませ」

深雪の依頼に、彼女は張りきって小物売場へと足を進めた。

試着室を出たところで立ち尽くしている理子を眺めて、深雪はしみじみとつぶやく。

「うん、本当によく似合う」

それから、少しためらいがちに続けた。

「コケティッシュ……と褒められるのは、あまり好きじゃないかな？」

それは母である涼風夕子を形容するのによく使われる言葉だ。深雪はそれを知っているから、理子が気を悪くしないか迷ったのだろう。

理子は首を横に振る。自分の顔立ちは母似で、昔から『よく似ているね』と言われてきた。明確な悪意がにじむ場合を除けば、とくに不愉快に感じたことはない。

「いいえ。身内としてはちょっと困った人ですけど、嫌いなわけではないですし」

なにより、我が母ながら涼風夕子はいい女優だと思う。そこは認めざるを得ない。

実は理子は子どもの頃、何度か彼女と同じ舞台に立ったことがある。夕子のマネージャーに誘われ、習いごとのひとつのような感覚で数年だけ芸能事務所に所属していたのだ。けれど夕子があまりに偉大で、自分はここまでの覚悟を持って芸事を極めることはできないと幼いながらに悟った。そうなると、チャラチャラと遊び半分で業界に片足を突っ込んでいるのも恥ずかしくなり、すっぱりとやめた。が、母のすごさを知るという意味ではいい経験になったと思っている。

「女優、涼風夕子は結構好きです。だから似ていると言われるのは嬉しいですよ。でもコケティッシュって難しい言葉ですよね。人によって解釈が異なるというか」

理子は小首をかしげた。

色っぽいという意味合いで使っている人もいれば、キュート、チャーミングな女性を指すこともある。

「あぁ、たしかにそうかも。理子の場合は……魔性と呼んでもいいかもな」

「魔性、ですか？」

そういえば、彼は前にもそんなふうに言っていた。が、全然ピンとこない。苦笑交じりに、理子は自分の決して豊かではないバストに視線を落とす。

「う～ん。そういうセクシーさとは無縁な気がしますが」

深雪は美しい瞳を妖艶に細めてみせる。その仕草に理子の胸はドキリと鳴る。

（私なんかより、深雪さんのほうがよっぽど『魔性』だ）

「表面的なセクシーさとは別物だよ。もっと本質的なところで、俺は理子に惹かれてならない。あらがえないほどの強さでね」

彼の手が理子の首筋を撫でる。それから、彼は耳元に唇を寄せた。

「悪いけど、今夜も寝かせてあげられないかもしれない」

耳孔をくすぐる吐息に背筋がゾクゾクする。夜を待たずに熱くなってしまった自身の身体を、理子はキュッと抱き締めた。

「お待たせいたしました！」

やけに濃厚になった空気を、店員の明るい声が払ってくれる。彼女が持ってきてくれた小物類のセレクトは完璧で、理子はそっくりそのまま身につけさせてもらうことにした。深雪から預かったカードを持ってレジへ向かおうとする彼女を追いかけ、理子は礼を言う。

「本当にありがとうございました」

「こちらこそ。幸せそうなおふたりのお手伝いができて楽しかったです」

にこやかに答えてから踵（きびす）を返した彼女の背中を見つめて、理子は目を瞬いた。

（幸せそう。ほかの人からはそんなふうに見えているんだ）

彼のほうはどうかわからないけれど、理子は実際にすごく楽しくてずっと顔が緩んでいたと思う。

（あまり浮かれていたら、深雪さんにも気づかれてしまうよね？　それはまずい）

考えはじめると、彼の前でどんな態度をとるべきなのか困ってしまう。

「レストランはすぐそこだから。歩きでもいい？」

店を出たところで彼は理子に確認した。

「はい。このパンプス、細いヒールなのにすごく歩きやすいです」

「それはよかった。けど、万が一にも転んだら危ないから」

言いながら彼が腕を出す。つかまれという意味だろう。理子はそっと手を伸ばした。

理子が歩きやすいように歩調を合わせてエスコートしてくれる。

(優しくされると、ますますどんな顔をしていいのかわからない)

ビジネス婚を提案してきたときの意地悪な雰囲気は最近の彼にはまったくなく、ひたすら甘く、女性なら誰もが憧れる理想的な婚約者を体現している。

(このままじゃ、本当に彼に溺れてしまいそう)

ほどなくして着いた三つ星のフレンチレストランは味もサービスも上質で、ゆったりと流れる時間が心地よい。

「そうだ。さっきのお母さんの話で思い出したけど、そろそろ理子のご両親にもあいさつをしないと」

バルサミコソースのかかった牛ヒレ肉のパイ包み。深雪は完璧なテーブルマナーでそれを切り分けながら言った。

「喜一には話してあると聞いたけど、結婚のこと、ご両親にはもう報告した？」

「はい、一応」

母には電話で話をしたが、『あら～、それはおめでとう』と軽く返されただけだ。父とはすっかり疎遠なので連絡自体も不要かな……と思いながらも一応メールを送った。おそらく数か月後くらいに、母と同じような返事がもらえるだろう。

「うちの親へは、もうなにかのついでとかで十分ですよ。そもそも、あのふたりに口出しされる筋合いもないと思っていますし」

自分たちだってあれだけ好き勝手にしているのだ。子どもの行動にとやかく言う気はないだろう。

（あ、でも楽ちゃんにはあいさつしてもらいたいな。今度予定を聞いておこうっと）

いつもあれこれと心配し世話を焼いてくれる彼には、きちんと報告をしたい。

「親族のなかではひとりだけ、紹介しておきたい人がいるので近いうちに席を設けさせてください」

「そうか、楽しみにしている」

それから理子はハッと気がつく。

「うちより、深雪さんのご両親や天沢一族のみなさまのほうが……」

釣り合わないと秘書の女性に突きつけられたあの日から十年が経過しているが、天沢家の方針が変わったとも思えない。

（むしろ天沢グループはあの頃よりさらに大きく成長して、不釣り合い感がより浮き彫りになったような）

「あぁ、話はもうしてあるよ」

さらりと報告され、理子は驚いてしまった。

「えぇ、もちろん反対されていますよね⁉」

「いや……どうしてそう決めつけるんだ？」

深雪は怪訝そうに顔をしかめ、理子を見つめる。

「だって、かつても」

ついうっかり言葉にしかけて、はたと口をつぐんだ。

「かつて？」

「いえ、なんでもないです」

追及したそうな深雪の表情に、理子は気づかぬふりを決め込む。諦めたらしい彼がふぅと細く息を吐いて続ける。

「反対はされていないよ。ただ、グループ内に理子をお披露目する機会は設けさせてほしいとのことだった」

「お披露目？」

「あぁ。来月、天沢グループの創立記念パーティーがあるんだ。それに君も出席してくれないか？　俺たちの結婚を正式に報告しようと思っている」

理子の顔が硬くなったのを見て、深雪は優しく言葉を重ねた。

「内輪の、小規模なものだから心配しなくていい。簡単に自己紹介をしてくれるだけでいいんだ」

「かしこまりました」

そう答えたものの、内心には不安が渦巻いていた。

(深雪さんの言う『小規模』は、庶民からしたら絶対に豪華なパーティーだ。間違いない！)

それに、もしかしたらその場が理子へのテストなのではないだろうか。天沢深雪の妻としてふさわしいかどうか、ジャッジされる。

(深読みしすぎ？　でも、絶対に失敗できないことは確かよね。おじけづいている場合じゃないわ)

創立記念パーティーという大切な局面で深雪に恥をかかせるわけにはいかない。理子は気合いを入れて、自分を奮い立たせた。

レストランでお酒を飲んでしまったので、深雪は自分の車を天沢家の運転手に任せることにしたようだ。車の到着を店の前で待つ。

夜風がアルコールでほてった頬を冷ましてくれるようで、気持ちがいい。

「あれ、理子じゃないか？」

背中に聞き覚えのある声が投げかけられた。振り返ると、そこには長年の友人の顔があった。

「え～、ゴンちゃんに藤吾くん⁉　偶然！」

秀応院時代の友人、権俵栄太と東雲藤吾だ。このふたりと葵と理子。学生時代はなにをするにも四人一緒だった。栄太はややぽっちゃりしたおなかがトレードマークのムードメーカー、藤吾はキラキラの王子さまフェイスに似合わない毒舌の持ち主だ。

「やけにめかし込んでいるから、一瞬別人かと思ったよ」

「いつもながら失礼ね、ゴンちゃんは。今日はふたり？　葵も一緒なの？」

「いや、今日は男ふたりで飲みに行ってたとこ。理子は――」

「栄太」

藤吾がたしなめるような声をかけた。

栄太が『理子』と口にするたび、額に青筋を浮かべる深雪の様子に気がついたらしい。藤吾は申し訳なさそうな顔で深雪に軽く会釈をする。栄太もやっと理解したようで、おおげさに額に手を当てた。

「そっか、デート中かぁ。いや、気がきかなくて申し訳ない」

「えっと、これはデートと呼ぶのかどうか」

戸惑う理子の言葉にかぶせて深雪はきっぱりと告げる。

「デート中です」

すごみのある深雪の笑みに、栄太はおびえ気味だ。

「で、ですよね～。いや、でも僕と理子さんは本当にただの友人でして、別に女性として意識したことは一度も……」

「それも失礼だろ。もういいから黙っとけ」

藤吾にずばりと指摘され、栄太は素直に口を閉じた。藤吾が深雪に顔を向ける。

「天沢先輩ですよね？　ご無沙汰しております」

理子を通じて、深雪と藤吾たちは何度か話をしたことがあった。栄太は気づかなかったようだが、藤吾は弁護士をしているだけあって記憶力がいい。

「こちらこそ」

「え、天沢先輩……つまり、よりを戻したってこと⁉」

せっかく深雪の表情もにこやかになっていたのに、また栄太が不躾な発言をする。自分でもしまったと思ったのか、慌てて口元を押さえているが今さらだ。

「まぁ、その、どうだろう」

理子はイエスともノーとも明言していないのだが、栄太はいいように解釈して感慨深げに「うん、うん」とうなずく。

「いや〜、よかったなぁ。理子がすっかり枯れ果てていたのは、結局のところ天沢先輩を忘れられなかったからなんだろ」

深雪の眉がピクリと動いたのを、理子は視界の端でとらえる。

「ちょっと、ゴンちゃん。余計な話はっ」

失礼極まりないのは、まぁいつものことなので許す。けれど彼にこれ以上ペラペラと喋らせておくとまずいことになりそうだ。慌てて止めに入ろうとしたけれど、深雪がズイと身を乗り出してくる。

「それ、詳しく聞かせてくれる？」

「深雪さん！　ゴンちゃん、本当におかしなことは言わないで」

理子の必死さを、栄太は照れと判断したらしい。

「今が幸せなら隠さなくてもいいじゃん。理子、天沢先輩がアメリカに行ったあと本当につらそうで……何日も泣きはらした目で学校に来るし、毎日欠かさず食べてたお菓子も全然食べなくなって」

栄太は深雪に向かってツラツラと語り出す。

「ゴンちゃん！」

彼を呼ぶ理子の声はもはや悲鳴に近い。

「あの理子ですら、失恋するとこうなるんだな～って」

「失恋？」

深雪の声には驚愕（きょうがく）の色が浮かんでいる。衝撃を受けている深雪、その隣で青ざめている理子。ふたりの様子から察したらしい藤吾が、栄太の腕を引く。

「とりあえず、俺らは帰るぞ」

藤吾が彼にしては珍しく素直に、理子に「悪かった」と視線と表情で示す。なにもわかっていない様子の栄太を引きずるようにして去っていく。ちょうど入れ違いで、天沢家の運転手が理子たちの前に車を停めた。

車内での深雪は、頬杖をつき深く考え込んでいる様子で、とても声をかけられる空気ではなかった。

マンションの部屋に入るとすぐ、彼はリビングの革張りソファに腰かけ、手招きで理子を呼ぶ。

「さっきの話、説明してもらうよ」

にっこりと優美だけれど、断る隙は与えてくれない。

（話すべきかもと、思ってはいたしね）

理子は覚悟を決めて彼の隣に腰をおろした。

「それで、失恋とはどういう意味だ？　ほかに好きな男ができたと俺を振ったのは、君のほうだろう」

確かめるようにゆっくりと、彼は言葉を紡ぐ。

「それなのに、どうして理子が毎晩涙に暮れて、あんなに好きだったおやつを食べられなくなったりするんだ？」

「えっと、おやつは食べすぎを自覚してはいたので節制の意味もありまして――」

「ごまかすな」

ぴしゃりと遮られてしまった。深雪の眼差しはまっすぐで鋭い。もうすべてを打ち明けなければ解放してもらえないだろう。理子は観念して、当時あったことを包み隠さず説明した。

「父の秘書？　どの秘書だろうか。あの頃の父には常に三人ついていたが」

三人もの秘書がいるというのは初耳だったが、今大事なのはそこではない。理子は彼女の姿を脳裏に描く。

「当時、二十代後半くらいだったかと思います。巻き髪で、白いスーツがよく似合う綺麗な女性でした」

「若い女性秘書……あの女か！」

深雪がくしゃりと前髪をかき乱す。その仕草も『あの女』という物言いも、彼がここまで動揺したところを見るのは初めてだ。深雪はいまいましそうな口調で続ける。

「父の秘書は男性ばかりで、女性秘書はあとにも先にも彼女だけだったから俺もよく覚えている」

深雪の話によると、彼女は天沢家の遠縁に当たる家のお嬢さんだったらしい。

「当然のことだが父は秘書の人選には慎重を期していて、彼女の採用にはあまり乗り気じゃなかったんだ。けれど親族からどうしてもと頼まれてね。しかし、結果的に父の懸念は現実のものとなった」

彼女はあまり仕事もせず、トラブルばかり起こす困った人物だったようだ。

「職場の人間の陰口は百歩譲って許すとしても、父の愛人の座を狙ってみたり、まだ未成年だった俺に粉をかけようとしたり……唯一の功績は、一年もしないうちに『飽きた』と退職してくれたことだな」

ずいぶんと辛辣だが、有能な人間ばかりが集まる天沢グループの中枢にそういう人物が入り込めば悪目立ちするのも道理だろう。

「あれ以来、父はグループ全社で正規の採用ルート以外からの雇用を厳禁にした。彼女はそのくらいインパクトがあったからね」

御曹司の深雪でさえもほかの受験者と同様のプロセスを経て、しっかりと能力をチェックされてから入社しているそうだ。

「驚きました。そんな人にはとても見えなかったので」

高校生の理子の目には有能なデキる女、そのものに見えた。

「ごめんなさい、私……あの人の話を完全に真に受けてしまって」

深雪の父に信頼されている秘書の言葉。当時の理子はそう受け止めた。深雪はゆるゆると首を横に振る。

「いや、俺もすべてを彼女のせいにするつもりはない。父がそういう発言をしてきたのは事実だ。けれど、父は誰かを貶（おとし）める意図で言ったわけじゃないんだ」

『付き合う人間はよく吟味しろ』と、深雪は幼い頃から言い聞かされてきたらしい。

でもそれは身分や地位が釣り合うなどという傲慢な意味ではなく、『人間関係は鏡だ。尊敬できる人間と親交を深め、多くを学べ』という趣旨なのだそうだ。

「彼女は父の言葉におもしろ半分の悪意をのせて、理子に伝えたんだろう。俺が彼女の誘惑を突っぱねたときに『大切な恋人がいる』と言ったことも癇に障ったのかも」

深雪のその説明はすとんと腑に落ちるように思えた。今になって考えれば、彼女の視線や口ぶりには理子への悪意がにじんでいた気がする。

（じゃ、じゃあ深雪さんのご両親が交際に反対していた事実はなかったの？）

「そんな……」

どうしてきちんと深雪本人と話をしなかったのか。その一点が悔やまれる。けれど、当時の自分は彼に愛されている自信もなく、そこに深雪の留学が発覚し、幸せな未来など見えなくなっていたのだ。

愕然として肩を落とした理子の頬を、彼の両手がそっと包む。

「深雪さん」

近いところで視線がぶつかった。

「話してほしかった、と言う資格は俺にはないよな」

深雪は薄い笑みに自嘲をのせる。

「こうして再会して大人になった理子から当時の話を聞いて、やっと気がつけたよ。あの頃の俺は理子を不安にさせるばかりだったんだな」

ふたりの時間が急速に巻き戻っていくような、そんな錯覚を覚えた。理子も深雪も秀応院の制服に身を包んで、あの校舎へと続く長い坂の途中にいる。

「留学のことも、俺の口から理子に相談すべきだった。ほかの人間から聞くなんて、つらい思いをさせて本当にごめん」

当時の気持ちがありありと蘇ってくる。

「どうして相談してくれなかったの？　私じゃ頼りなかったから？」

高校生の理子が感情を吐き出す。一度言葉にしたらもう止まらない。

「雪くんは大人びていて、いつも余裕で。好きなのも、一緒にいたいと思っているのも私だけ。それがすごく寂しかった」

深雪は理子の腕を引き、そのまま強く抱きすくめる。

「そんなことない。いつまでも言い出せなかったのは、理子に振られるのが怖かったからだ。決定的な言葉を恐れて、向き合うことから逃げた」

「私、留学に反対はしなかったと思う。雪くんが『待ってて』と言ってくれるなら、いつまででも待ちたかった」

「そうだよな。理子ならそう言ってくれると、少し考えればわかるのに。あの頃の俺は未熟だった」

その声に深い後悔がにじんでいた。理子は彼の背中に手を回し、シャツの生地をキュッと握る。

「それにね、キス。雪くんに、ずっとキスしてほしいと思ってた。あの頃は言えなかったけど……」

深雪は大きく息を吐いた。

「ごめん。ちゃんと伝えるべきだった。理子が好きで、毎日でも会いたくて、本当はキスしたくてたまらなかったってこと」

理子は上目遣いで彼を見る。

「聞いてもいい？　あの頃の雪くんは私のこと……」

理子の思いを受け取って、深雪ははっきりと言葉にした。

「大好きだったよ。振られて五キロも痩せるほどにね」

彼の意外な告白に理子は泣き笑いみたいな表情になる。

「私も、ごめんなさい。ほかに好きな人ができたなんて嘘をついて、傷つけて」

「そんなことないよと言ってあげたいけど、大嘘になるな。俺の人生で一番苦しかった瞬間は間違いなくあのときだ」

彼は小さく笑って、肩をすくめた。

「理子に振られたあの日、本当は君に伝えたいことがあったんだ」

「なに？」

「留学から帰ってくるまで待っていてほしい。その頃には理子も二十歳になっているから結婚しよう。そう言うつもりだった」

理子は目を丸くする。

（あの日、そんなことを考えてくれていたの？　想像もしていなかった）

どうしてあんなにこじらせてしまったのだろう。ほんの少し素直になれば、幸せな未来があったかもしれないのに。

「まぁ今思うと、二十歳で結婚はさすがに無理があるか。大人ぶっていたけど、俺も十代の子どもでしかなかったし。けど……」

まっすぐに理子を見つめる彼の瞳は、甘い熱を帯びている。

「結婚したいと思った女性は理子だけだ。あの頃も今もそれは変わっていない」

「……嬉しい。私たち、ちゃんと両思いだったんですね」

噛み締めるようにつぶやいた理子の言葉に、彼はいたずらな笑みを浮かべる。

「だった？　今は違うの？」

「あ、えっと、今は……」

現在の、大人になった彼が目の前にいる。復讐なんて不穏な言葉で脅してくるし、昔と違って強引……けれど、どうしたって理子の心を動かすのは彼だけなのだ。

（この気持ちはやっぱり恋だよね？）

年を重ねたからといって、恋愛上手になれるわけじゃない。むしろ、十代の頃より臆病になってしまったかもしれない。

彼に、二度目の恋をしている自覚はあるけれど、素直になるには勇気がいる。

（私じゃ彼に釣り合わないのは、変えられない事実だものね。ここから本当の夫婦になっていけるのかな）

どこか不安げな瞳で理子は深雪を見つめる。目が合うと、彼はふっと笑った。

「まぁ、これからじっくり口説き落として『好き』と言わせるから覚悟しておいて。ただ……」

ふいに真面目な顔になって、深雪は大きな手で理子の両の頬を包んだ。

「俺の気持ちはきちんと伝えておく。あの頃と変わらず、いや、今のほうがずっと強く……俺は理子を愛している」

彼のキスが額に落ちる。

「今からじゃ遅いか？　毎日好きだと伝えて、こうやってキスをするから。――もう一度、振り向いてよ」

ふたりの唇がゆっくりと重なる。彼の大きな愛が伝わってくるような、甘く優しいキスだった。


八月。旅行から二週間が経った。互いにどこか引っかかっていた過去のわだかまりが消えたせいか、ふたりの距離はまた一段と近づいた。復讐宣言からの急展開に、理子はまだ戸惑い気味だけれど……深雪の愛情表現は深まる一方だ。

朝、今日は理子のほうが早く家を出るので彼が見送ってくれる。

「いってきます」

「今日は残業せずに帰ってくるように」

「え？　なにか予定がありましたっけ」

理子が首をかしげると彼は心配そうに眉根を寄せた。

「理子、今週ずっと遅かっただろ。少し顔色が悪いし、早く帰って休むこと」

『ＬＢシネマ』事業が順調に進んでいることもあり今は仕事が楽しくて仕方ない時期

なのだが、心配してくれる深雪の気持ちはありがたいので素直にうなずく。

「わかりました、そうします」

「君を失ったら生きていけない男がここにいること、忘れないでくれよ」

甘い声でささやかれて、朝から心臓に悪い。

(いいのかな、少しは自信を持っても)

彼に手を振り、歩き出した理子の頬が無意識に緩む。

(だって、こんなふうに全力で愛されたら、どんどん好きになってしまうもの)

頬を染めてポーッとしていたせいで、エントランスの階段を踏み外しそうになった。

「いけない、いけない」

慌てて表情を引き締める。恋ばかりにかまけているわけにはいかない。レオ&ベル、それに手を差し伸べてくれたリルージュのためにも新事業を絶対に成功させなくては。

(それにこの事業が成功すれば、私との結婚に価値があると天沢一族のみなさまにも認めてもらえるはず!)

例の秘書の件は誤解だったわけだけれど、理子が深雪の妻にふさわしいと言い切れないのも紛れもない事実。彼に見合う女性と周囲に納得してもらい、自信をつけるため、できることは全部がんばりたいと思っていた。

レオ＆ベルのオフィス。

（残業しないぶん、集中してしっかりやろう）

そんな覚悟でパソコンに向かっていたところ、「理子！」と弾んだ声が自分を呼んだ。振り向けば、珍しく満面の笑みの喜一が立っていた。彼は喜怒哀楽のわかりにくい男で、ご機嫌なときも怒っているときも眠いときも、全部同じ顔……が常なのだ。

「どうしたの？　そんなにニコニコしちゃって」

「聞いて驚くなよ。実はな……」

喜一らしからぬテンションで気味が悪いくらいだが、話を聞いて合点がいった。

「嘘⁉　本当に五條雀也が出演してくれるの？」

『ＬＢシネマ』のサービス開始の目玉として、オリジナルのショートフィルムを一本制作しようという構想は早い段階からあった。パートナーとなったリルージュも賛成してくれて、具体的に動き出したところだ。

「あぁ。舞台以外の仕事はほとんど受けないことで有名な、あの雀也さんだ」

五條雀也は人気、実力ともにトップクラスの歌舞伎俳優だ。年齢はもうすぐ四十歳、役者としてまさに今が旬といったところだ。

彼は舞台愛が強く、映画やテレビドラマのオファーはほとんど受けないことでも知られている。その彼が配信のみのショートフィルムに出演してくれるとは——。

「どうやって口説き落としたの？」

「本人がこの企画のコンセプトを気に入ってくれたらしい」

「ええ、すごい！」

理子の表情にもありありと興奮が浮かぶ。反対に喜一は少し冷静になったようだ。落ち着いた口調で続ける。

「ま、それも嘘ではないだろうが……おそらく、企画のバックに天沢グループがいることが一番の理由かな」

「あぁ、そっか。たしかに」

理子もすっかりトーンダウンだ。天沢グループは創立当初から文化・芸術の支援を標榜しており、梨園との縁は非常に深い。いや、梨園だけではない。ミュージカルで有名な大手劇団も老舗の交響楽団も、天沢グループが最大のスポンサーなのだ。

「五條雀也も天沢グループには恩を売っておきたいわよね」

身も蓋もない理子の言葉に、喜一は「だろうな」と同意する。けれど彼の表情は自信に満ちていた。

「ま、義理だろうが渋々だろうが、彼が出演してくれるのなら願ってもないチャンスだ。いいシナリオと監督を揃えて、やる気になってもらおう」

「うん！　でも、雀也さんに見合った脚本家に監督となると……予算をかなりオーバーするんじゃない？」

もともとはこんな大物をキャスティングするつもりではなく、知る人ぞ知るというクラスの俳優に声をかける予定だったのだ。

「監督は大丈夫。低報酬で、もう合意済みだから」

喜一はニヤリとする。嫌な予感が理子を襲う。

「まさか、お父さんじゃないでしょうね」

「そのまさか！　ネームバリューは十分だし、色々と融通もきく。最高の人材だろ」

「できれば顔を見たくないと、いつも言ってるくせに」

「父親としてはね。でも監督としては悪くない」

こういう目をしているときの喜一は止めても無駄だ。理子は小さくため息をつく。

（だいたいお父さんも！　私の結婚報告メールへの返事はいまだにないのに、映画の話だとすぐに反応をするわけね）

父は社会性皆無の映画馬鹿なのだ。母もああいう人だし、どうして結婚なんて常識人ぶったことをしてみたのか、一度聞いてみたいものだ。

でも、ワクワクと瞳を輝かせる喜一を見ていたら自分もやる気がみなぎってきた。

（よし、絶対成功させよう！）

なにかに熱中すると寝食を忘れるレベルにまでいってしまうのは兄妹共通……いや、山根一家の業なのかもしれない。

（あ、離婚しているからもう一家とは呼べないか）

というより、そんな性質を持つ人間の集合体だったから一家離散したのだろう。母が再婚相手に、常識人な楽次郎を選んだのは賢明だった。

喜一ほどではないにせよ最近は理子もすっかりワーカホリックにおちいっており、肩凝り、腰痛、疲れ目、全身の倦怠感と身体は悲鳴をあげている。やる気に満ちあふれ、元気いっぱいの精神についてきてもらえないのは悲しいかぎりだ。


「ドレスが明るい色だから、アイカラーも甘めのピンク系が合うかなぁ」

先日、深雪にプレゼントしてもらったクリーム色のドレスに身を包み、理子はドレッサーの前に座った。ふと顔をあげると、鏡のなかから青ざめた女がこちらを見つめており、ギョッとしてしまった。

（やだ、本当にひどい顔色！　チークとリップは濃いめにしよう）

今日はものすごく大切な日。深雪にもきちんと休むよう言われていたのに、どうして体調管理をおこたってしまったのか。後悔してもどうにもならないので、化粧の力を借りることにする。

メイクを終えて、いくらか見られるようになった自分の顔をペシペシと軽く叩く。気合いを入れたつもりだ。

（今日は天沢グループの創立記念パーティー。気を抜いてあくびが出たりしないよう、シャンとしなきゃ）

ばっちりメイクでごまかせていると思っていたのに、パーティー会場へと向かうハイヤーのなかで深雪にあっさり見抜かれてしまった。

彼は理子の首筋に手を添えて、聞く。

「どうした？　あまり顔色がよくないぞ」

ドレスライクな光沢感のあるブラックスーツ、タイもパーティー仕様の華やかなペイズリー柄。髪はオールバックに撫でつけてあって、今日の彼はいつもよりうんと艶っぽい。ドクンと大きく心臓が跳ねて、きっと顔色もよくなったんじゃないかと思う。

「大丈夫です」

そう答えても、深雪は心配そうに眉根を寄せる。

「無理するなよ。パーティーより理子の身体が大事だ」

誠実な愛情を向けられて胸がキュンとする。高校時代の、優しいけれど愛情表現は不器用だった彼とも、再会したばかりの意地悪な彼とも違う。最近の深雪は抱えきれないほどの大きな愛情をまっすぐに注いでくれる。

（どの深雪さんも……全部かっこいいし……好き）

彼への思いがあふれ出してしまいそうで、なんだか恥ずかしくなって理子は視線を泳がせた。

「あ、ありがとうございます」

クスリとほほ笑み、彼はいたずらに目を細める。

「だって、この身体は隅々まで全部俺のものだし。大事にしてもらわないと困るな」

大きな手が理子の頬を両側から包み、唇が触れてしまうほどに顔が近づく。

「え、あ、その」

「よかった、頬に赤みが差してきた」

理子を好き勝手に翻弄した彼が不敵な笑みを浮かべる。

伝統ある老舗ホテルは、外観も内装も重厚感があってさすがの風格だ。パーティー会場となるバンケットルームのある階でエレベーターの扉が開く。会場の外にはすでに招待客が大勢集まっていた。その光景に理子は思わずあとずさる。

(覚悟していたけれど、やっぱり〝内輪の集まり〟って規模じゃないよ)

服装、立ち居振る舞いを見るだけで選ばれし上流階級の人々なのだとわかる。

(彼らを満足させなければいけないのか)

深雪の妻として、ここにいる全員に認めてもらう必要がある。理子はゴクリと唾をのんだ。不安に胃が重くなる。おじけづきそうになる自分を奮い立たせて、会場に足を踏み入れた。人数が多いので立食形式のようだ。中央の縦長の卓に豪華な料理が並び、そこを取り囲むようにたくさんの丸テーブルが設置されている。招待客はいくつかのグループに分かれて、談笑していた。

天沢一族の重鎮だという老爺(ろうや)のあいさつが終わり、「乾杯」の声とともに宴が始まった。グラスのお酒に口をつける前に、早くも重要な局面がやってきた。

「理子。まずは両親に紹介……といっても母とは顔を合わせたことがあったかな?」

彼にエスコートされ、深雪の両親がいる前方のテーブルに近づく。極度の緊張のせいか、歩く足元がおぼつかない。まるで船のなかのように床がゆらゆらと揺れている。

（あれ、飲んでいないのに酔っているみたい。どうしよう、しっかりしなきゃ！）

仕事の疲れ、とは別種の不調に思われて理子は焦った。

「どうかしたか？」

深雪が顔をのぞき込んでくるので、慌てて表情を取り繕う。

「いいえ。ちょっと緊張してしまって」

「理子の話はもう伝えてあるし、本当にあいさつだけでいいから」

穏やかな声音で、彼は理子を安心させようとしてくれる。

「山根理子さんですね。今日はわざわざありがとうございます」

深雪の父、巨大な天沢グループを率いるその人は納得の貫禄を備えていた。世界に出ても見劣りしないであろうがっしりとした体躯、顔つきからは知性と余裕がうかがえる。

「深雪の母です。私とは『はじめまして』じゃないわよね」

優しい笑みを浮かべたのは深雪の母。言葉どおり、彼女とはかつて一度だけ母と一緒のときに会ったことがあった。そのときの印象とまったく変わらない。たおやかで上品で、誰をも惹きつける華がある。深雪はふたりの美点をしっかりと受け継いでいるのだろう。

「は、はい。あらためまして、山根理子と申します。このたびは深雪さんと――」

大切なあいさつの途中で理子はうっと言葉を詰まらせる。目の前のふたりが「どうしたんだ?」と言いたげに目を瞬くのがわかったが、言葉を続けることはできなかった。襲ってくる吐き気で、視界がぐらりと傾く。額からは嫌な汗が流れた。

「理子。大丈夫か?」

「え、えぇ。大変申し訳ございませんが、少し離席してもよろしいでしょうか」

倒れてパーティーを台無しにすることだけは避けたい。その一心で、理子はなんとか自分の足で歩いて会場を出ようとした。深雪は両親に「すまない」と告げて、理子に付き添ってくれた。

困惑している深雪の両親の顔、パーティーが始まったばかりだというのに退出しようとしている理子に向けられる周囲の冷ややかな視線。

この重要な場面で、自分は大失敗してしまったと悟ったが今はそれを反省する余裕もなかった。会場を出ると気が抜けてしまったのか、視界が急に暗くなっていった。

ふらりと倒れた理子の身体を深雪の腕が支えてくれる。

「理子!」

自分を呼ぶ、心配そうな彼の声もやけに遠く聞こえた。

六章　忘れられない

十月。秋色の柔らかな風が、少し先を歩く彼女のスカートをなびかせる。

秀応院伝統のセーラー服。紺のスカートは裾に白いラインが入っていて、男子生徒や保護者からは『清楚でかわいい』とおおむね好評だが、着用する当人である女子たちからは『スカート丈を短くできない！』と不満の声があがっていた。

楽でもあり窮屈でもある制服。自分たちが子どもであることを証明するこのユニフォームとも、来春にはお別れだ。しかし恋人である理子にはまだあと二年、制服の時間が残されていた。

（同じ年だったらよかったのに）

どうにもならないと理解していても、つい考えてしまう。付き合いはじめた当初、理子は中学二年生で深雪は高校一年生。この春からやっと同じ校舎で時を過ごせるようになったのに、今度は深雪が出ていかなくてはならない。大学生と高校生の環境の差は、中学生とのそれよりずっと大きくなるだろう。それが不安でならなかった。

「雪くん！　どうしたの、ボーッとしちゃって」

理子がくるりとその身をひるがえす。昔は子役として舞台に立っていたという彼女は姿勢がよく、身のこなしが軽やかだ。ただ歩くだけ、回るだけでも、無意識にスポットライトを引き寄せる。

「具合でも悪いの？」

歩み寄ってきた彼女が無邪気に深雪の頬に手を伸ばした。手のひらから伝わる彼女のぬくもりに深雪はゴクリと喉仏を上下させた。

「いや、なんでもないよ」

甘く香る髪、伏せられた長い睫毛、淡い桜色に染められた唇。少女の瑞々しさにほんの少しだけ、女性の色香がにじむ。

山根理子は本当に綺麗だ。そして、この美はこれからますます花開いていくだろう。

（そのさまを、俺は見られないのか……）

絶望にも似たなにかが深雪の心を黒く塗りつぶす。

「雪くん？」

小首をかしげる愛らしい仕草が、これでもかと深雪を煽る。

触れたい、触れたくない。キスをしたい、したくない。

彼女と付き合い出してからというもの、ずっとこの葛藤に苦しめられてきた。理子を前にすると、自分が本当は野蛮で狂暴な人間なのだと実感する。

（きっと、一度でも触れてしまえば歯止めがきかなくなる……）

誰よりも理子が大切で、大事にしたいのに。だから深雪は彼女の前ではことさらに紳士なふりをする。

「ゆうべ、やっと私服の衣替えを済ませたの。浴衣も一度も着ないまま、しまっちゃった」

「あぁ。花火大会は残念だったな」

夏休みの一大イベントである花火、ふたりで一緒に行く約束をしていた。理子は浴衣を新調したとはしゃいでいたのに、暴風雨の影響で中止になってしまったのだ。

「うん。雪くんと浴衣でデートするのを楽しみにしていたのになぁ。でも、来年こそは絶対！」

来年という単語に深雪の眉がピクリと動く。それに気がついたのか、理子が切なげな笑みを浮かべる。

「あ、大学生は忙しくて花火どころじゃないのかな」

「そんなことないよ。……来年、一緒に行こう」

深雪は慌てて表情を取り繕って答えた。

来年、深雪はおそらく日本にいない。

（理子はそれでも、俺を好きでいてくれるだろうか？）

三年生に進級した春、父は深雪にこう質問した。

『で、大学はアメリカかイギリスかどちらにする？』

想定外だった、というわけではない。明言されていたわけではなかったけれど、両親の頭のなかにそういう青写真があることは察していた。

深雪は天沢家の跡取り、将来はグループを背負う立場になる可能性が高い。海外に出て、見聞を広める経験は絶対に必要だ。加えて深雪個人としても、惹かれる進学先は海外大学ばかりだった。語学力も問題ないし、経済的な心配もいらない。教師もいい選択だと納得してくれて、深雪の留学は半ば確定的になっていた。

（けど、理子と離れるのは……）

恋愛と将来は天秤にかけるものじゃない。遠距離でダメになる関係なら、所詮それまでだ。そう自分に言い聞かせても、深雪の心は晴れなかった。

単純に自分が彼女のそばにいたいし、離れてしまってなお理子を繋ぎ止めておける自信もなかった。

彼女に言い出せないまま夏が過ぎ、秋も深まろうとしている。

理子はちょっと考え込むような顔になったかと思うと、次の瞬間にはパッと明るい笑顔を見せた。

「来年一緒に行けたら嬉しいけど、無理はしないでね。ずっと一緒にいたいからこそ、雪くんの勉強の邪魔はしたくないんだ」

彼女はよく深雪のことを『大人っぽい』と形容するが、実際には理子のほうがずっと大人だ。彼女はどんなときも人に寄りかからず自分の足で立つ。恋人としてはやや寂しく感じるほどだ。それに意識しているわけではないのだろうが、深雪が悩んでいるときはいつもこうして、心を軽くしてくれる。

(離れたくないから留学はしないなんて言ったら、怒られそうだな)

そんな選択を彼女は望まないだろうし、なによりその程度の男は理子にふさわしくない。

(俺たちは大丈夫だ)

彼女は深雪にとって、初めてで最後の恋の相手。願わくは、彼女にも同じ思いでいてほしい。けれど、その願いはあっけなく打ち砕かれた。

「そっか。でもちょうどよかったかも。実は、ほかに気になる人ができちゃって……。

それに、そばにいられない恋人ってあんまり意味ないと思うし」

留学を告げた深雪に、彼女はあっけらかんと別れを切り出した。「待っていてほしい」も「戻ってきたら結婚しよう」も、言わせてはもらえなかった。

目の前がどす黒い闇に覆われていく。

（ほかに気になる人？）

彼女が自分以外の男のものになる。自分は一度も触れることのできなかった唇を、その男が味わうのかもしれない。そんなことを考えはじめると、もう正気を保てなくなりそうだった。なにかに取りつかれたように、深雪は彼女の頬に手を伸ばす。そのまま親指で唇をなぞった。ふんわりと柔らかな感触が深雪の全身を熱くする。

（そんなこと認めない）

残忍で狂暴な衝動が、深雪を突き動かそうとしてくる。

「雪くん？」

据わった目をしている深雪に、理子は少しおびえたように顔をこわばらせた。

（すべてを奪ってしまおうか？　ほかの男なんか目に入らなくなるように）

彼女の意思すらも奪おうとしている自分に気がついて、深雪は震えあがった。自らの執着が恐ろしい。今の自分は嫉妬に狂った醜い獣だ。

（——理子には、ふさわしくない）

一刻も早く彼女から離れるべきだ。でないと、飢えた狼の牙を彼女に向けてしまう。無垢で清らかな白い肌をズタズタに傷つけるだろう。

「わかった」

彼女に触れていた手をおろし、深雪は声を絞り出す。

「理子が寂しい思いをしなくて済むならよかった」

なんでもないという笑みを作ろうと思ったのに、自分の顔はいびつにゆがんだ。

（嫌だ、離したくない）

その純粋な思いすら理子を襲うナイフとなってしまいそうで、深雪は唇を噛んで言葉をのみ込む。

理子はうつむき、ぽつりとこぼした。

「やっぱりか。雪くんはそう言うと思ってた」

唇も細い肩も小刻みに震えている。それが彼女のどんな思いを表しているのか、深雪は考えようともしなかった。

最後にどんな言葉で別れたのか、理子がどんな顔をしていたか、もうなにも覚えていない。

アメリカでの暮らしは水が合い、充実したものになった。大学は非常にレベルが高く、学ぶことも多かったし、いい友人にも恵まれた。大学卒業後は日本に帰国するという予定を変更してこちらに残り、天沢グループ米国支社で働きはじめた。

アメリカ生活も気がつけば十年近くになり、このままずっといても構わないかなと考えるほどにすっかりなじんでいる。だが、こと恋愛に関してはさっぱりうまくいかなかった。周囲にいる女性が苦手というわけではない。深雪の周りにいる女性たちはエリート揃い。自己主張がはっきりしていて、自立志向が強い。

(好みのタイプ、のはずなんだけどな)

にもかかわらず、どんな女性にも心惹かれることがない。理子へはあんなにも、自分でも恐ろしくなるほどに執着じみた愛情を抱いたのに、ほかの女性に対してはその片鱗(へんりん)すらも表れなかったのだ。

だが、その理由を深く考えはしなかった。自分が恋愛に興味が湧かないのは仕事に夢中だから。そう思い込んで、理子の記憶には蓋をした。

彼女以外は愛せない。その真実に思い至るのが恐ろしく、無意識に避けたのだろう。

(忘れよう。理子はもう……俺のものにはならないのだから)

だが、忘れようと思うたびに深雪はその脳裏に理子を描いているのだ。何度も、何度でも——。

約十年ぶりに日本に帰ってきたのは、深雪の意思ではなく社命によるものだった。映画館や劇場などの運営をする、天沢グループの中核企業リルージュの社長に就任することが決定したからだ。就任準備のため、各部署の担当者から社の近況についてあれこれと説明を受けるなかで、ひとつ強く興味を持った話題があった。

それを口にしたのは、新規事業の企画立案を行う部署の課長である近藤という男だ。重要な報告を終えたあとの雑談ベースの会話で、深雪に詳細を尋ねられた彼は少し困惑している様子だった。

「我が社ではなく孫会社に当たる広告代理店に持ちかけられた企画ですが、ご興味が？」

「あぁ、詳しく知りたい」

マイナー映画に特化した配信サービスを企画しているベンチャー企業があるという話だった。だが、提携予定だった企業を失い、事業は頓挫(とんざ)しかけているらしい。

「ミニシアターの数が減り、小さな作品の上映がどんどん減っている現状は憂慮すべきだと思う。短期的な利益ばかりを重視して裾野を狭めてしまうと、業界全体が縮小する」

観客の機会損失だけではない。小さな作品が作られなくなれば、若い脚本家や監督、スタッフが育つ土壌も失われる。新しい才能が次々に生まれていかないと、この業界は死んでしまう。

もし自分と似たような理念を持つ企業ならば支援したいと考えたのだ。天沢グループは巨大で、簡単には揺らがない歴史と実績がある。そういう企業には純粋な利益以外のものにも目を向ける責任があると深雪は考えていた。もっともこれは個人としてだけでなく、グループの共通理念だ。だからこそ儲けが大きいとはいえない、芸術分野への支援を長く続けている。

「かしこまりました。件の代理店に連絡をして資料を用意いたします」

「頼む」

近藤は優秀な男ですぐに報告をあげてくれた。役員室で、受け取った資料のページをめくる。

「レオ&ベル……どっかで聞いたような名前だな」

深雪は首をひねった。その引っかかりの答えは、社長の名前を目にした瞬間に判明した。

「代表、山根喜一。そうか、レオとベルは……」

山根家で飼っていた猫の名前だ。喜一は理子の兄。

深雪は「ははっ」と乾いた笑い声をあげた。

どういう運命のいたずらだろうか。この十年でとっくに切れたと思っていた、自分と理子とを結ぶ糸。まだ繋がっているのか、それともこの先にはなにもないのか――。

どうしようもなく興味が湧き、先を見てみたいと思ってしまった。

深雪は近藤を呼び、頼んだ。

「レオ&ベルの事業に興味がある。アポを取ってもらえるだろうか」

この言葉は嘘じゃなかった。さらに言えば、パトロン気分で一方的にほどこしを与えるつもりもない。近藤の報告を受け、うまくやればこちらにも大きな利益をもたらしてくれる金の卵だと判断したのだ。九十九パーセントはビジネスとしての冷静な判断、だが残り一パーセントは山根理子への執着だったかもしれない。

自分を振った彼女がどんな女になっているのか、意地の悪さと純粋な思慕が入り交じり膨れあがった。

『復讐』という言葉も無茶な契約条件も、離れていてもなお自分を縛り翻弄し続けた彼女への意趣返しのようなつもりだったのだ。だが——。

『私はあなたの望む〝従順で貞淑な妻〟にはなれないと思います。その代わり、山根理子らしいやり方で新社長の役に立つよう努力します』

彼女のこの台詞を聞いたときに、深雪は理解した。

自分はあの頃からなにも変わらず、ただ彼女に恋焦がれているだけなのだ。空に向かってまっすぐに伸びる、しなやかな若木のような理子。素直なのに決して媚びない。深雪にとって、ただひとりのファム・ファタールだ。心も身体も、彼女のすべてが欲しいと思った。狂気じみた愛は当時と同じどころか離れていた時間のぶんだけ鬱屈し、深雪のなかに棲みつく獣はより狂暴になっている気さえするが……自分も多少は大人になった。

（理子を傷つけないよう、獣は飼い慣らせばいい）

だから、今度こそ彼女を手に入れて離さない。そう誓った。

草津旅行から一週間。十年前の別れはちょっとしたすれ違いが原因だったと判明してから、深雪の思いはどんどん深くなっていき自分でも持て余すほどだった。

「んっ、み、ゆきさん」

腕のなかで理子が甘く自分を呼ぶ。それだけで果ててしまいそうな快感が深雪の全身を貫く。

「なに？」

彼女の首筋に唇を寄せ、なめらかな素肌をきつく吸いあげる。

「その、あんまり見えそうな場所に……えっと」

キスマークと言葉にするのを恥じらっているのだろう。深雪はふっと唇の端をあげる。理子はしっかり者のわりに、こういうところは初心なのが困る。こんなにかわいい顔を見せられたら、こちらの嗜虐心は余計に高まることをまだ理解していないようだ。ペロリと柔肌を舐め、低くささやく。

「見えるところじゃないと意味がないだろう。これは理子が俺のものだと示す印なんだから」

「……もしかして深雪さん、意外と独占欲が強い？」

「はは。今さら気づいたの？」

深雪は今も昔も、ずっと嫉妬深いけれど理子は知らなかったようだ。

「でも、周囲の人に見つかったら恥ずかしいです」

真っ赤に頬を染める彼女を、さらにいじめてみる。

「あぁ、もっと深いところに欲しいって意味か。そういうリクエストなら存分に応えるよ」

深雪は胸元、おなかへとキスを落としていく。時折、強く吸いつくと理子の腰がしなるように浮く。

「ん、あぁ」

切ない喘ぎ声はどんどん大きくなっていく。深雪は彼女の片方の膝の裏に手を差し入れると、ほっそりとした脚を一気に持ちあげた。そのまま内ももの際どいところに口づけし、制御しきれなくなっている独占欲を刻みつけた。

「ほら。ここなら、俺にしか見えない」

少しずつ場所を移し、深雪のキスは最奥へと近づいていく。

「ひゃ、んっ、あぁ」

大切なところがあらわになっている羞恥心と与えられる快楽の狭間で、理子が悶えている。そのさまは、たまらなく愛おしくて深雪の熱は膨張するばかりだ。

「まずいな。まったく飼い慣らせていないかも」

深雪は思わずため息をこぼした。

「え？」

潤んだ瞳が自分を見あげてくる。やっぱり制御できていない。自分のなかにいる狂暴な獣が舌舐めずりをしている。

(ごめん、理子。でももう離してあげられない)

深雪はほほ笑み、また彼女に覆いかぶさった。

「理子が好きすぎて、どうにかなってしまいそうだと言ったんだ」

身も心も溺れてめちゃくちゃになっているのは、間違いなく自分のほう——。


天沢グループ創立記念パーティーのさなかに体調を崩した理子は、そのまま病院に運ばれた。病室のベッドで眠っている理子の青白い顔を見つめ、深雪は自身を責めた。

仕事熱心なのは彼女の美点だが、最近はとくに根を詰めすぎている様子だった。

(それをわかっていながら、どうして気遣ってやれなかった?)

具合が悪いのなら、両親へのあいさつなど今日のパーティーにこだわらなくてもよかった。そもそも……理子が新事業に熱を入れていたのは深雪のためでもあったように思う。提携予定だったパートナー企業を失い困っていたレオ&ベルに手を差し伸べたのは、ほとんど自分の独断。この事業が成功すれば、深雪の眼力は高く評価されるはず。責任感の強い彼女は、当初の約束だった〝ビジネス婚〟の役目を果たそうとしているのだろう。

彼女の気持ちが少しずつ自分に向いてきている実感はある。

(だが……理子のなかにはまだ、俺との結婚はビジネスという思いが残っているのだろう)

「初手のアプローチを誤ったかな」

深雪らしくもない弱音が、ぽろりとこぼれた。結婚までの道のりをもっと丁寧に進めるべきだっただろうか。理子が絡むと、自分は途端に無能になる。

愛してほしいと望むばかりで、無理をしていることすら気づいてやれなかった。

「理子、ごめんな」

小さく吐き出すと、彼女の目がうっすらと開いた。『そう重症ではない』と医師は言ったが、それでも心配だった。

「理子、大丈夫か?」

「あぁ、そうか。私……」

状況を確かめるように、理子は瞳を動かした。

「ごめんなさい。大切なパーティーできちんと役目を果たせなくて」

「そんなことはどうでもいい。今は自分の身体のことだけ考えてくれ」

心配そうに理子を見つめながら、深雪は枕元のナースコールを押す。目が覚めたら連絡するよう指示されていたから。

「このあと、もう少し精密な検査を予定している。受けられるか？」

「はい。よく眠ったおかげですっきりした気がします」

たしかに、倒れる前よりは顔色がよくなっていた。けれど油断は禁物だ。深雪は念押しする。

「今はなにも考えずにゆっくり休むんだ。いいな」

「はい。あ、深雪さんはもう家に帰られてください。明日の準備があるでしょう？」

言ったそばからもう、彼女は深雪の心配をしている。

実は深雪は明日から二週間のアメリカ出張を予定していた。創立パーティーの準備も忙しかったため、出張の用意はまだなにひとつできていない。だが――。

「その件だが、今回の出張は日を改めようかと」

「なにを言っているんですか？　ダメですよ」

今は理子のそばにいたいと伝えようとしたら、ぴしゃりとシャットダウンされてしまった。

「自身の体調不良ならともかく、まだ正式に結婚したわけでもない私の体調不良ごときでスケジュールを変更するなんて。深雪さんはリルージュの社長です。今回の出張だって、たくさんの人が動いてくれているはず」

ぐうの音も出ない正論でたしなめられ、深雪は返す言葉もない。

「――了解です」

「どうして敬語なんですか?」

理子はクスクスと笑った。でもその声にいつもの元気はなく、やはり離れがたいと感じる。

「大丈夫です。検査の結果はきちんと連絡しますし、迎えはお兄ちゃんに頼みますから。体調が戻るまでは、今日の失態のことも仕事のことも考えません」

深雪の懸念事項をすべて丁寧につぶしてくるので、もう帰って出張準備をするしかなくなった。

「くれぐれも大事にしてくれよ。喜一には連絡を入れてあるから。そうだ、俺がいない間は彼のマンションで暮らすといい」

先ほど、理子が眠っている間に喜一に電話をかけたが繋がらなかったので、メッセージを残しておいた。喜一が様子を見ていてくれれば、深雪としても安心できる。

「わかりました、そうしますね」

「向こうに着いたら、すぐに連絡するから」

そう告げて病室をあとにする。最近はビデオ通話のサービスなどが充実しており、海外からでも連絡手段に困らないのはありがたい。

理子の思いやりに報いるためにも、深雪は思考をビジネスに戻そうと努力した。

（今日の理子の体調不良については両親と親族に説明と謝罪、あいさつは仕切り直しだな。それから出張のほうは……）

ようやく集中しかけていたのに、ナースステーションの前を通り過ぎたところで思考をぷつんと遮られた。

「リコちゃんは⁉」

そんな台詞が耳に飛び込んできたからだ。リコという名前はそう珍しくはない。最近人気の名前だとどこかで聞いた気もする。ここは大きな総合病院だし、深雪の理子とは別人の可能性が高い。それなのに、いやに心に引っかかって深雪は声の主を振り返る。

驚くほど美しい男がそこにいた。金髪が下品にならずよく似合っている。深雪より年上、確実に三十オーバーだろうと思うがやけに瑞々しく、繊細な美貌の持ち主だ。少し古い言葉だが『ジゴロ・優男』、そんな表現がしっくりくる。

彼は看護師と自分の間にある机に身を乗り出すようにして声をあげる。

「だから、リコちゃんだって。どこにいるの？」

素直な性格なのだろう。心配から取り乱している様子が見て取れる。対峙する看護師のほうも心情がはっきりと顔に出ていた。イケメンへのときめき、面倒そうな見舞い客が来たといううんざり感、その両方が浮かんでいる。

「フルネームを教えていただけますでしょうか。患者さんにご案内してもいいか確認を取りますので」

彼女が病院のルールを説明している間、彼は手にしていたスマホに目を落とし「あぁっ」と声をあげた。

「すみません。今メッセージが！【伝え忘れていた】じゃないよ、もう！　えっと三〇二号室か」

深雪はピクリと片眉をあげる。三〇二は理子のいる病室だ。付き添ったのは自分だけで、深雪は理子の病室を喜一にしか伝えていない。つまり彼が受け取ったメッセージは、喜一からか理子本人からということになる。

（誰だ？）

ついつい険しい目で彼を凝視してしまう。このタイミングで連絡を取るのなら、よほど親しい相手だろう。けれど深雪は彼を知らない。

自分は無駄に記憶力がよく、一度会った相手のことはたいてい覚えている。彼ほど印象的な容貌の持ち主ならなおのことだ。

(離れていたこの十年の間に理子に近づいた男……)

ちっとも飼い慣らせていない、深雪のなかの獣が目を覚ます。事情も知らないうちから彼を悪い虫扱いするのはどうかと思うが……ほぼ無意識なので制御できない。

声をかけて正体を確かめようか。そう思い、足を踏み出そうとしたところで深雪の胸ポケットのスマホが着信を知らせた。おそらく秘書だろう。パーティーのあと、明日からの出張についての打ち合わせをする予定になっていたから。実は理子の病室にいる間にも連絡があったのだが、彼女が目覚めるときにそばにいてやりたくて後回しにしていた。

男が理子のいる三〇二号室に急ぐ様子を横目で見ながら、深雪は渋々病院を出るためにエレベーターに乗った。

七章　赤ちゃんと恋敵が同時にやってくるようです

深雪が帰ったのと入れ違いで、今度は楽次郎が病室に飛び込んできた。

「理子ちゃん、大丈夫？」

「あれ、楽ちゃん？」

深雪は喜一には連絡をしたと言っていたけれど、どうして楽次郎がやってきたのだろう。理子の困惑に返事をするように彼が説明してくれる。どうやら、喜一が深雪からのメッセージを受け取ったとき、喜一のマンションでふたりは一緒にいたらしい。

「理子ちゃんの婚約者から着替えとか必要なものを持ってきてほしいと頼まれて、喜一くんも準備していたんだけどね。仕事の電話がひっきりなしに入って、全然家を出られそうにないからさぁ」

痺れを切らして彼が代わりに来てくれたらしい。楽次郎は喜一をかばって、〝仕事の電話〟を強調したけれど……たとえそれがなくても喜一はのんびり、ゆっくり準備をして楽次郎をヤキモキさせる結果になった気がする。

（急いで駆けつけたからといって理子の体調が回復するわけでもないし、とか考えて

たはず）

彼がそういう人間だと理子はよく知っている。もっとも、今回にかぎっては喜一の反応が正しいとも思う。寝不足と疲労でちょっと体調を崩しただけなのだ。深雪や楽次郎が過保護すぎる。

「喜一くんのマンションに残してあった理子ちゃんの洋服をワンセット持ってきたけど、これでよかった？　もし入院になるなら、必要なものは買い出しするから言ってね」

倒れたときはドレス、現在は病院で借りた入院着。帰宅する際にまたドレスを着るのはどうかと思うので助かった。

「うん、ありがとう。入院するほどではないと思うけど」

「これから検査があるんでしょう？」

「そう、お医者さまを待っているところ」

ところが、医師の到着より先に意外な人物が病室の扉を開けた。楽次郎よりもっともっと意外だった。

「お母さん⁉」

ボーダー柄のカットソーにデニムパンツ、洒落っ気のないひっつめ髪にした涼風夕子が顔をのぞかせた。芸能人は地味なファッションにサングラスをしてもオーラを隠しきれないというのが定説だが、彼女は違う。舞台をおりて普段着に身を包んでしまうと、本当にどこにでもいる中年女性にしか見えないのだ。あるいは、これも〝平凡な主婦〟の演技なのだろうか。

「夕子さん！　よかった、来られたんだね」

その口ぶりから楽次郎が連絡をしたのだとわかった。

「うん。ちょうど稽古終わりだったから寄ってみたわ」

夕子は理子に視線を向け「なんか久しぶりね～」と笑う。かと思えば、急におかしな顔になって眉根を寄せる。スタスタと歩いてきて、グイッと理子の両頬をつかんだ。まじまじとこちらの顔を凝視する。

「お母さん、なに？　痛いよ」

頬の肉がつぶされて、ちょっと苦痛だった。

「――理子、子どもができたの？」

「え？」

「は？」

楽次郎と理子は同時にまぬけな声をあげる。

（子ども？）

なんのことだか、さっぱり理解できない。理子よりは早く、楽次郎が夕子の言いたいことを察したようだ。

「それって理子ちゃんが妊娠しているってこと？」

「うん。間違いないと思うけど」

けろりと夕子は言ってのける。

「ちなみに根拠は？」

楽次郎の問いに夕子は自信満々に答えた。

「そりゃ母親の勘よ。ふたりの子を産み育てた私が言うんだから！」

（『産み』はともかく『育てた』は、どうだろう？）

ひどい母親というほどではなかったが、幼い喜一と理子の世話を献身的にしてくれたのは夕子の歴代マネージャーや、事務所が手配してくれたシッターたちだったと記憶している。

（今は楽ちゃんが親代わりだし）

楽次郎もここは理子に賛成らしく失笑していた。

「まだ検査してないの？　急いだほうがいいわよ」

けれど夕子の確信は揺らがないようだ。

「え……でもお母さんの母親としての勘なんて、一切当てにならなそうだし」

とはいえ、可能性がゼロとはいえない。

(体調不良は仕事のせいじゃなく、つわり？　ありえるのかな)

無意識に自分のおなかに手をやる。

「このあと検査があるんでしょう？　そのときお医者さんに話してみたらいいかも」

楽次郎の提案に理子はうなずく。ちょうどそのタイミングで医師がやってきた。


宝くじより当たらなそうと思っていた夕子の勘は、まさかの大正解だった。大きな病院で産婦人科も入っていたので、そちらで検査を受けたところ陽性反応が出た。

妊娠七週、経過は順調。倒れた理由も、つわりの影響と結論づけられた。

理子は自身のおなかをそっと撫でる。これまでとは違う温かさを感じる気がした。

(ここに、私と深雪さんの赤ちゃんがいる)

興奮と感動が入り交じり、理子の心を高揚させる。嬉しい、素直にそう思えた。

入院は必要ないそうで、病室に戻った理子は帰宅の準備をする。

「ね。言ったとおりだったでしょう」

夕子の得意げな顔はなんだか納得できない気もするが、彼女の指摘がなければ気づかなかった可能性も高いのでその点については感謝すべきだろう。

「うん、ありがとう」

夕子は視線を上に向けつつ感慨深げなため息をこぼす。

「私もとうとうおばあちゃんか～。年を取ったものだわ。でも、孫との共演ってのも悪くないわね。理子、性別がわかったらすぐに教えて。いい演目を探しておくから」

「まだ生まれてもいない孫の未来を、勝手に決めないでください」

いっそ清々しいほどに自分の、というより芝居のことしか考えていない夕子と違って、楽次郎は親らしい常識的な心配をしてくれる。

「理子ちゃんと婚約者の彼はまだ正式に結婚はしていないよね？　大丈夫？　急に逃げたりする男じゃないだろうね」

「別に男なんかいてもいなくても、人生なんとかなるわよ～」

「夕子さんはちょっと黙ってて」

珍しいことに、楽次郎がキッと夕子をにらみつける。が、夕子はなぜか嬉しそうだ。

「ふふふ。楽ちゃんのそういうキリッとした顔、やっぱりいいわぁ」

理子は楽次郎に返事をする。

「心配しないで。逃げたりする人じゃないよ」

（けど子どもが好きとか欲しいとか、そういう話はまだ一度もしたことがないなぁ）

深雪は喜んでくれるだろうか。

（それに、天沢一族のみなさまがどう思うか）

体調が戻るまでは考えないと深雪と約束したが、つい頭をよぎってしまう。つわりという事情があったにせよ、理子は大事な婚約披露の場であるパーティーで役目を果たす前に退出してしまった。お披露目は失敗に終わったといっても過言ではないだろう。

（やっぱり結婚は認められない。そう言われる可能性も）

マイナスなことを考えはじめると、また吐き気がしてくる。うっと口元を押さえる理子を夕子が支えてくれる。楽次郎も申し訳なさそうな表情になる。

「あぁ、急にあれこれ質問してごめん。今はとにかくゆっくり養生しよう」

つわりはすぐにはおさまらないだろうから、理子は深雪の言いつけどおり、喜一のマンションで世話になることにした。

今日も楽次郎がやってきて、かいがいしく世話を焼いてくれる。

喜一の帰宅を待って、三人で食卓を囲んだ。

（深雪さんがアメリカに行ってしまって、もう三日か）

たった三日なのにすでに寂しい。ひとりでなく、喜一のところに来たのは正解だった。

妊娠は……まだ深雪には伝えていない。彼は何度かビデオ通話で連絡をくれたが、忙しい仕事の合間であることが伝わってくるのであまり長話はできなかった。

（それに、ただの気のせいかもしれないけれど態度がよそよそしい気もするのよね）

画面ごしなので、そう感じるだけだろうか。

妊娠の件は帰国後に顔を見て話そう。急ぐことでもない、理子はそう結論づけた。

「どう、食べられそうかな？」

気遣うように楽次郎が理子に声をかける。

「うん、すごくおいしそう」

箸を手に取りながら笑顔で答える。今夜のメニューは野菜の煮物と梅おろしの温うどん。さっぱりと食べやすそうで、ありがたい。

三人でお喋りしながら食事をする。

「でもさ、夕子さんもああ見えてちゃんとお母さんだよね。理子ちゃんの顔を見た瞬間に妊娠を見抜くなんてさ」

惚れた欲目というやつか、楽次郎は夕子に甘い。反対に喜一はものすごく厳しい。

「適当に言ったら、たまたま当たったってとこだろ。インチキ占い師と一緒だよ」

「まぁまぁ」

理子はどちらにも肩入れせず場をなだめるのに徹した。

「ところで、この前は理子ちゃんの体調が心配で深くは追及できなかったけど」

思い出したように楽次郎は険しい顔になる。

「その天沢深雪って男は、本当に信用に足る人物なの？」

深雪が責任を取らずに逃げ出すのではないかと、楽次郎はまだ気にしている様子だ。

「深雪くんが理子を捨てる？　ないない、それは絶対ないでしょ」

喜一が即座に断言する。それを聞いた理子はホッと胸を撫でおろす。妊娠のせいかやや情緒不安定気味で、最近の理子はついネガティブなことを考えてしまう。誰かに大丈夫と言ってもらえると安心する。

「そうだよね！　深雪さんは責任感の強い、しっかりした人だし」

「いや、そうじゃなくて。あの人、理子が大好きじゃん」

「え、えぇ⁉」

ポッと赤面する理子を見て、楽次郎は安心したように目を細めた。

「そっか、愛されているんだね～。ならよかった」

「むしろ執着？　正直ちょっと重いよね。捨てるどころか地獄の果てまで追ってきそうで、僕としてはそっちの意味で理子が心配」

いつも無口で、なにを考えているのかよくわからない喜一の本音を初めて知り、理子は少し驚いた。

（お兄ちゃんにも妹を心配する人並みな心があったのね）

「気持ちは嬉しいけど、今の発言は撤回してね。深雪さんは別に重くなんて……」

どうしてか「ない」とは言い切れなかった。

（ちょっと心配性で独占欲は強いけど、それは重いわけでは……ない……はず）

「ほら。否定できない。あれは紛うことなき執着だね」

「いや、でも！」

ふたりのやり取りを見守っていた楽次郎がぷっと噴き出す。

「相手が嫌がればストーカー、喜んでくれるなら深い愛。男女の恋情なんてそんなものだよ。理子ちゃんが幸せを感じるなら問題なし」

（……うん、深雪さんと一緒にいると私は幸せだ）

深雪が重いかどうかは断定できないけれど、こちらは自信を持って言える。

「幸せなら、それをちゃんと彼に伝えてあげなよ」

楽次郎が理子に目配せをする。

「そもそも彼の執着は理子ちゃんのせいでもあると思うしね。魔性の女につかまっちゃった者同士、彼の気持ちもよくわかるよ」

「理子が魔性？」

怪訝な顔をする喜一に楽次郎は呆れた顔を向ける。

「持っている側は気づかないんだよ。喜一くんもそっち側だから。ほら、単純な顔の造形だけでいえば俺のほうが喜一くんよりイケメンでしょう」

「うん」

理子はコクコクとうなずく。

「けど、女の子が『あなたのためなら破滅してもいいわ！』ってなるのは俺じゃなくて喜一くん。それが魔性」

「全然、なにひとつわからん」

喜一が匙（さじ）を投げる。

「あぁ。でもたしかに！　昔から、お兄ちゃんを好きになる子っていやに情が深いよね」

喜一は地味なわりには不思議とモテる。楽次郎の指摘どおり、どの子も熱量がすさまじく一歩間違ったらストーカーという事案がたびたびあった。

「夕子さんの血かな～。兄妹揃って恐ろしいな」

楽次郎の苦笑でこの話題は終了した。


翌日。喜一は『しばらくは自宅でできる仕事だけやってくれればいい』と言ってくれているけれど、忙しい時期に甘えてばかりもいられない。体調と相談しながら出社できそうな日はすると決めた。

今日は久しぶりに爽快な朝を迎え、余裕を持って会社に到着することができた。

「理子さん、おはようございます」

「おはよう、希ちゃん」

「体調は本当に大丈夫ですか？　無理しないでくださいね」

社のみんなにはまだ結婚報告すらしていないので、当然妊娠のことも話せない。普段の理子の頑丈ぶりは知れ渡っているので『深刻な病気なんじゃないか？』とすごく心配されてしまったようだ。

「ありがとう。ちゃんと健康管理にも気をつけるね」

まだ始業時間前なので、理子も希ものんびりとパソコンを立ちあげ、メールのチェックなどをしていた。と、向かいの席の希が突然「えぇ!?」と大きな声をあげた。

理子は驚きビクリとする。

「ど、どうしたの? なにかあった?」

以前の堀星企画撤退のような重大な事態がまた起きたのでは……と不安に駆られる。

「ちょっと待っててください」

希は素早く席を立ち、理子の隣にやってきた。そして「パソコンお借りします」と断りを入れてから、理子のパソコンを操作する。パッと表示されたのは大手検索サイトのトップページ。今日の天気やらプロ野球の試合結果やらのネットニュースの見出しが並んでいる。そのうちのひとつに希はカーソルを合わせる。

「これです、これ!」

彼女がタイトルをクリックし、詳細記事へと飛ぶ。

【天沢グループ御曹司と梨園のご令嬢、セレブなふたりの熱い夜】

この手のニュースの見出しは、おおげさになりがちだと理解はしている。それでも心臓が凍りつくような心地がした。

タイトルのすぐ下に大きな写真がドンと掲載されている。夜、場所は特定できないが繁華街のどこかだろうか。女性のほうは夜なのに目深に帽子をかぶっていて顔はよくわからない。でもカメラからかばうように、彼女の肩に手をかけている男性は……間違いなく深雪だった。

「リルージュの天沢社長の記事ですよ！　高級中華料理店でラブラブデート。結婚秒読みか？ですって」

記事を読みあげる希の声がやけに遠く聞こえる。

「あ～、大ショック。今回の事業で、一度くらいはお会いできるかもと期待していたのに。たとえ会えても、お相手の決まっている人じゃ意味ないですよね」

がっかりと言わんばかりに彼女は肩を落とした。

「ははっ」

希に不自然に思われないよう、なんでもない顔で相づちを打とうとした。でも、口からこぼれるのは引きつった笑い声。

「結婚間近の恋人は梨園のお嬢さま！　やっぱり上流階級同士でくっつくんですね」

深雪の婚約者は自分だとほんの数分前までたしかに信じていたのに、こんな記事ひとつで理子の自信は簡単に揺らいでしまう。

（ネットニュースってわりと間違った情報もあるよね？　あとで本人が『根も葉もない話ですよ』って反論したり）

冷静に、落ち着こうとすればするほど動悸が激しくなっていく。

むしろ冷静になるのは希のほうが早かった。

「あ、でもこの話ってレオ&ベルにとっては朗報ですよね」

「え、どうして？」

全然わからないので素直に聞く。

「だってこの梨園のお嬢さま、五條雀也の妹さんですよ。雀也さんは年の離れた妹をかわいがっていて、仲のいい兄妹だって前にテレビでやっていました」

（そうなんだ。うちのショートフィルムに出演してくれる雀也さんの妹……）

「妹の恋人からの依頼なら、出演の件が白紙になることは絶対になさそうじゃないですか。あ、むしろ逆かな？　義弟になるかもしれない天沢社長絡みの仕事だから、引き受けてくれたのかも！」

希はつくづく頭の回転が速い。彼女の推測はあまりにも筋が通っていて、納得してしまいそうになる。

（最初から本命は彼女だった……ううん、あるはずない！）

もしそうなら草津温泉でともに過ごした時間、過去の誤解が解けて両思いだったと笑い合った瞬間、その後のより甘くなった同居生活、すべてが嘘だったことになる。

『理子、君への復讐だよ』

いつかの彼の言葉がリフレインする。

深雪はこんなに手ひどい復讐を仕掛ける人間じゃない。それは理解しているし、彼を信じてもいる。だけど胸の真ん中にぽつりと一点、黒いインクが落ちたような心地がした。ジワジワと広がって、胸を覆い尽くしてしまうのではないかと不安でたまらなくなる。


その夜。ベッドにごろりと横になり、理子はネットニュースの記事をじっくり読み返してみた。ニュースもとは、ゴシップ記事などを中心に扱う週刊誌のようだ。【関係者によると】【らしい】【のようだ】などなど、真偽のあやふやな飛ばし記事にありがちな文言ばかりが躍っている。写真も冷静になって見てみれば、ふたりきりと断定できるものではない。希から話を聞いたときは激しく動揺してしまったけれど、今は少し落ち着いてきた。

「うん、信憑（しんぴょう）性はあんまり高くなさそうよね」

とはいえ、相手女性が五條雀也の妹という事実はどうしても引っかかる。

(天沢家と梨園は浅からぬ縁がありそうだし、真実だったとしても驚かないカップルなんだもの)

少なくとも自分なんかよりはずっとお似合いで、世間的には納得感のある話だろう。

(これがただのガセネタだったとしても、深雪さんのご両親は大歓迎かも)

大切な婚約お披露目の場であんなことになってしまった自分より、彼にふさわしいと考えてもおかしくない。またマイナス思考におちいりはじめて、理子はブンブンと頭を振った。

(暗いことばかり考えていたら、おなかの赤ちゃんが不安になる。深雪さん本人ときちんと話をすればいいだけよ)

憶測を巡らせてもどうにもならない。

彼と話をする、天沢家のみなさまにはパーティーで非礼を働いてしまったことを謝罪する、深雪との間に授かった大切な命を守る。理子にできることをしっかりやればいい。

(帰ってきたら、ゆっくり話をしたいな)

心配ないよと笑って、抱き締めてほしい。彼が一緒なら怖いものはないから。

『幸せなら、それをちゃんと彼に伝えてあげなよ』

ふいに楽次郎の言葉が耳に蘇った。

(そういえば、私はまだちゃんと伝えていないよね)

深雪は何度も言葉にしてくれたのに、返せていなかった。

あの頃、雪くんが大好きだった。きっとそれだけじゃ足りない。今の深雪も大好きで、必要なのだと伝えなくては。


翌日。理子は朝から出社し仕事をしていたが、今日はつわり症状が重く出ていて集中できなかった。処理しきれていない仕事がまだ残っているのに、もう業務終了の時間だ。無意識に大きなため息をつくと、希が心配そうに声をかけてきた。

「理子さん。今日は残業せず、帰って休まれてください」

理子は弱々しく顔をあげる。

「ほら、顔が真っ青ですよ。具合の悪いときまで無理してがんばらなきゃいけない社風になったら、私たちも困ります。だからここは社員のためだと思って!」

希は本当に優秀な子だ。そんなふうに説得されては帰らざるを得なくなる。

「うん、ありがとう。そうさせてもらうね。でも急ぎの件は遠慮なく電話してきて」

「はい、そうします」

終業の六時きっかりに理子は退社する。レオ&ベルの入居するオフィスビルはほかにもたくさんの企業が入っているため、この時間のエントランス付近は賑やかだ。

「あの、すみません」

正面からやってきた女性が理子に声をかけた。おそらく、ゆっくりと歩いていた理子が一番声をかけやすかったのだろう。

彼女は長い黒髪をハーフアップにまとめ、花柄のワンピースに白いカーディガンを羽織っている。オフィスファッションとは少し違う、いいところの若奥さまといった装いだ。年は理子と同じくらい、二十代中盤に見えた。

(わぁ、綺麗な人)

顔立ちも、思わず見惚れてしまう美しさだ。

夫の忘れものでも届けに来たのだろうか。あまり場に慣れていない様子だった。

「どうかされましたか?」

「ええ。こちらにレオ&ベルという小さな会社が入っているでしょう?」

『小さな会社』はやや失礼な表現じゃないかと思ったが、おそらく悪気はないのだろう。彼女は自分が失言をしたとは思いもしていないようだ。

（浮世離れしているし、すごいお嬢さまなのかも。うちになんの用だろう）

「はい、十二階に。私はそこの社員ですが、誰かとお約束でしょうか」

「まぁ、それはちょうどよかった。約束はしていないのですが、山根理子さんという女性に会いたいんです。案内してくれますか？」

「え？　山根理子は私ですけど……」

　そこまでで理子は言葉を止める。目の前の女性が誰か、やっとわかったのだ。梨園の世界は男性ばかりが注目されがちで女性はあまり表に出てこない。だからすぐにはピンとこなかったが、きっと彼女が五條雀也の妹なのだろう。

　意志の強そうな眉など彼にそっくりだし、この美しい女性を一度くらいはテレビで目にしたことがある気がする。

「あら、あなたが理子さんなのね。どうもはじめまして、五條雀也の妹で真綾と申します」

　オフィスからほど近いカフェ。理子は真綾をそこに案内し、話を聞くことにした。

（体調がいまいちで、本当は早く帰りたいけど）

　でも彼女がわざわざ自分を訪ねてきた理由がやはり気になったし、こちらの都合などお構いなし、自分の主張が通って当然という真綾の態度に押されてしまった部分もある。

理子はノンカフェインのコーヒー、彼女は紅茶とシフォンケーキを頼んだ。上品な仕草でケーキを口に運び、「う～ん、安っぽい味ねぇ」などとつぶやいている彼女のマイペースぶりに困惑するばかりだ。

「それで、その……ご用件は？」

おずおずと理子が切り出すと、真綾はにっこりと無邪気な子どものように笑った。

「あなたが深雪さんの婚約者候補って本当？」

「え……」

「彼はあなたと結婚するつもりなのかしら？」

ズケズケと切り込まれて理子は言葉に詰まる。パーティーを中座したため、正式なお披露目はされていないものの自分は彼の婚約者……のはず。

理子は真綾の目を見て、口を開く。

「そうだと、信じています」

(私たち、愛し合っているよね？　だからこうして子どもまで授かった)

真綾は困ったように眉をひそめ、小首をかしげた。

「あら。じゃあちょっと申し訳ないのだけれど」

ちっとも申し訳ないとは思っていない顔で続ける。

「彼のことは諦めてくださる？　私の夫として一番ふさわしいのは天沢深雪さんだと、そう決まったから」

理子の気持ちどころか、深雪の意向すらどうでもいいような口ぶりで彼女は言った。そしてブランドもののバッグのなかから一冊の雑誌を取り出す。ペラペラとページをめくり、とある記事を理子のほうに向けてテーブルの上に置いた。

「この記事、お読みになったかしら？」

理子はネットニュースでしか読んでいないが、この雑誌が記事の出所である週刊誌のようだ。深雪と真綾の写った写真が、ネットよりかは鮮明だった。こちらの写真では女性が真綾だと断定できる。

「ネットニュースでだけ。これ、本当なのでしょうか」

記事の内容もネットより詳細だった。ふたりがデートしたとされる高級中華レストランの店名など詳しい情報がつづられ、ふたりがシティホテルのなかへと消えていったという一文で締められている。

「この写真、本当はほかにも誰かいたのでは？」

五條家との会食くらいなら深雪のビジネスのうちだろう。その程度ならば、いちいち理子に報告もしないはず。

(もし女性とふたりきりだったら、深雪さんは話してくれると思うけど)

そんな思いを打ち砕くかのように、真綾はあっけらかんと答える。

「ふたりきりだったわ。でもホテルの情報は正しくないわね。私はそんな庶民的なところに出入りしない。もっとランクの高いホテルにエスコートしてもらったわ」

彼女が真実を話している証拠はどこにもない。

だけどそれでも、心がかき乱されて苦しかった。かすかにめまいがして頭がグラグラと揺れる。

「やだ、そんなに落ち込まないで」

「……深雪さんは二股(ふたまた)をかけるような男性ではありません」

絞り出した理子の言葉に、彼女は目を白黒させる。それからクスクスとせせら笑うような声をあげた。

「私もよく世間知らずだって言われてしまうけど、理子さんもなのね」

「どういう意味ですか?」

理子は視線をあげて彼女を見た。

「愛だの二股だの、子どもじゃあるまいし！　それとも〝中流〟の方々はそうなのかしら？」

真綾は選民意識を隠そうともしない。自分は〝上流〟で理子は〝中流以下〟と言いたいのだろう。

「私や深雪さんの住む世界では、恋愛や結婚もビジネスのうちよ。私たちのお付き合いは互いに大きなメリットがあるの」

理子と深雪の結婚話もきっかけはビジネス上の都合だ。

(同じように真綾さんとも？　ううん、深雪さんはそんな人じゃないでしょう)

自分が彼を信じないでどうするのだ。理子は忍び寄ってくる疑念を必死に追いはらおうとした。

そんな理子に、真綾は値踏みするような目を向ける。

「でも、あなたとの付き合いは彼になんのメリットがあるの？　あなたのお兄さんの会社、聞いたこともない怪しげなところよね」

「怪しげ？」

理子は膝の上に置いたこぶしを固く握り、キッと彼女を見据えた。

「兄と会社を悪く言うのはやめてください。この話とは無関係ですよね」

「怖い顔。そんなに怒ること？」

「怒ることです」

兄と社員の努力を、侮辱されるのは我慢ならない。一歩も引かない理子の態度に、傍若無人だった真綾が初めてひるんだ。

「な、なによ」

レオ&ベルを悪く言われたことで、理子も本来の負けん気の強さを取り戻した。大きく深呼吸をひとつして、彼女と向き合う覚悟を決める。

「話をもとに戻しましょう。真綾さんは深雪さんと結婚したいんですね？　だから私に身を引いてほしいと」

「したいというか、するのよ。私がそう望んでいるのだから」

彼女はお姫さまなのだろう。自分の希望は叶うのが当然と信じている。

「でも、私や深雪さんにも意思がありますよ」

身を引くかどうかは理子が決めることだし、深雪だって本当に真綾との結婚を望んでいるのか。

しかし彼女には一ミリも伝わらない。「それがなに？」と真綾は笑う。

「私は名門、五條家の娘よ。将来性、世間への聞こえのよさ、どこを判断してもあなたよりずっと天沢グループにとって価値のある妻になれるわ。天沢一族の長い歴史のなかでも、もっとも秀でた当主になるはずと目されている深雪さんが、それを理解できないお馬鹿さんとは思えませんけど」

たしかに、彼女にかなわない点は多い。けれど、深雪の感情などどうでもいいと考えているようなこの人が、彼の妻にふさわしいとも思えなかった。

「それにね、理子さんもよく考えてみて！　身を引いたほうがあなたにもメリットがあるから」

「それはどういう？」

冷めた目で、唇だけで笑みを浮かべる彼女の真意がさっぱり理解できない。

「鈍いのね。あなたの会社の新しい事業に、うちの兄が協力する予定になっているでしょ」

『小さな』『怪しげ』とよく知りもせずに言っているのかと思いきや、真綾はレオ&ベルや理子のことをある程度は調べてきているようだ。

「兄は年の離れた妹である私を、それはそれはかわいがっているのよ。その兄が、私の恋路を邪魔する女が働く会社と仕事をしたがるかしら？」

理子は下唇を噛んだ。

「それは脅しでしょうか。雀也さんの出演をちらつかせれば私が引くと考えて？」

彼女は答えない。それは肯定も同然だ。

（雀也さんの出演はたしかに、喉から手が出るほど欲しいカードだ。でも、こんな卑怯な手に屈するのは……）

「雀也さんは素晴らしい役者です。ですが、いい俳優さんはほかにも……」

「本当に世間知らずな人ねぇ」

理子のわずかな抵抗を彼女はばっさりと遮った。

「梨園は芸能の世界に大きな影響力を持つのよ。長い歴史と伝統のなかで築きあげてきた人脈、権力。それらを使えば、天沢グループの機嫌を損ねずにあなたたちの新しい事業を攻撃することも簡単よ」

無邪気で残酷なお姫さまに突きつけられたナイフは、ひやりと冷たかった。

「あなた、お兄さんと会社がとっても大事なのでしょう。さっき自分で言ったわよね？ それなのに自分の恋だか愛だかを優先するのは矛盾しないかしら」

言い返せない理子を見て、彼女は満足そうに顔を輝かせる。

「そうね……」

言いながら真綾は席を立つ。

「二週間は待ってあげる。その間に彼から手を引いてちょうだい」

伝票をつかみ、彼女は踵を返す。コツコツとヒールが鳴る音を理子は呆然と聞いていた。

帰国を待たずに、深雪と話をするべきだろう。そう思って連絡をしてみたのだが、深雪は仕事が忙しいようで応答がない。

（無視されているわけじゃないはず。時差もあるし、仕方ないよね）

しかし、その後もずっと返事がもらえなかった。不安を抱えたまま一週間以上が過ぎ、もう明日は深雪の帰国予定日だ。

（深雪さんと暮らすマンションに帰る準備もしないと。明日こそ、話ができるよね）

会社から喜一のマンションに戻る道のりで頭を整理しようとしたが、つわりのせいかどうにも気持ちが悪くて思考にモヤがかかっていた。

お盆を過ぎたとはいえ、まだまだ猛暑日が続いており気温も湿度もとんでもない高さだ。日が沈み、辺りが薄暗くなってきても蒸し暑さは相当なもの。

歩いている間にもどんどん気分が悪くなっていく。エントランスが見えた瞬間に気が抜けてしまったのか、理子はへなへなとその場にかがみ込んでしまった。

「理子！」

（あれ、深雪さんの声が聞こえる気がする）

彼はまだ日本にいないはず。

幻聴だなんて、自分はそんなに具合が悪いのだろうか。

「理子ちゃん！」

焦った声をあげてこちらに駆けてくるのは、深雪ではなく楽次郎だった。

（あ、よかった。幻聴じゃなくて聞き間違えだ）

楽次郎は理子のそばに膝をつき、背中を優しく撫でてくれた。

「苦しい？　肩を貸すから歩けるかな？」

「うん。迷惑ばっかりかけてごめんね」

「なに言ってるの！　おなかの子は俺の家族でもあるんだから」

楽次郎に支えられ、理子はよろよろと立ちあがる。ふと視線を感じた気がして、ゆっくりと首を左右に振る。

「どうかした？」

「ん、なんか視線を感じたような」

楽次郎もキョロキョロと周囲をうかがう。

「誰もいないよ？」

「ごめん、勘違いかも」

楽次郎の声を深雪と聞き間違えるくらいなのだ。視覚も聴覚も馬鹿になっているのだろう。

「とりあえず、部屋で休もう」

「ありがと。でもさ、おなかの子は楽ちゃんの家族……なのかな？」

「え、ダメ？　義理の孫って概念はない？」

真剣に考える楽次郎の様子がおかしくて、理子は弱々しい笑みをこぼした。


その日はもう、夕食をとる元気もなかったので早々にベッドに横たわった。鳴らないスマホを握り締め、理子は小さなため息を落とす。

（帰国は明日だから、深雪さんから連絡があるかなと思っていたけど）

今日も、スマホはうんともすんとも言わない。帰り支度で忙しいのだろう、そう考えることにしてスマホから手を離した。

仰向けに転がり、組んだ両手を額にのせる。

（避けられているわけじゃ……ないよね）

脳裏に真綾の顔が浮かぶ。

（ふたりでデートしたって本当なのかな）

たとえそれが真っ赤な嘘だったとしても、彼女のあの脅し。

（身を引かないのなら『ＬＢシネマ』の邪魔をする、かぁ）

具体的にどんな妨害を画策しているのか。梨園は理子には未知の世界だけれど、真綾自身はきっと本気だ。

（みんなでがんばってきた新事業がこんな理由でダメになるのは絶対に嫌！　だけど深雪さんと別れるのだって……おなかには赤ちゃんがいるのに）

思考はグルグルと同じところを回るばかりで、出口は見えない。理子はそっとおなかを撫でてみる。

（私、どうすべきなのかな）

それでも確実にわかることがひとつ。理子はおなかに向かって力強い声で宣言した。

「でも、あなただけはなにがあっても守るからね！」

自分には守るべき大切なものができた。そう思うと、強くなれる気がした。

（明日、必ず深雪さんに会いに行こう。きちんと話をしなくちゃ）

翌朝。予定では、深雪は今日の夜にはマンションへ帰ってくる。理子は大事を取って今日一日は会社を休むか迷ったが、結局は出社した。

（昨日よりは体調もいいし、今日は大事な打ち合わせが二件もあるから）

忙しいのがかえってよかった。深雪のことも真綾のことも、あまり考える暇がないままに一日の仕事を終えた。

オフィスを出た理子は立ち止まってスマホを確認する。深雪からの連絡はまだない。

（飛行機、そろそろ着いている時間のはずなんだけどな）

だが海外便に遅れが出るのはよくあることだ。深雪のマンションに着いたら、こちらから連絡をしてみよう。そう結論づけて理子は駅へと歩き出す。大通りの反対側に渡るために歩道橋の階段をのぼっていたら、対面から足早にこちらにやってくる女性がいた。

（あんなに急いでどこへ行くのかしら？　――え!?）

女性の顔を認めた瞬間、理子は目をみはった。

「ま、真綾さん？」

彼女が訪ねてきたのは一週間と少し前のこと。『二週間は待つ』と言っていたはずなのにどうして今現れたのだろう？

それとも彼女がここを通りかかったのは、ただの偶然なのか。そうであればいいと心のどこかで思ったが、残念ながら彼女は理子の前で足を止めた。

「ちょうどよかった。あなたに会いに、そちらのオフィスに向かうところだったの」

「……真綾さんはずいぶんと時間に余裕があるんですね」

そんな嫌みがつい口をついて出たが、彼女はにっこりと受け流す。

「えぇ。あくせく働く必要のない家に生まれて本当に幸せ」

理子の負けだ。こう堂々とされては、返す言葉も思いつかない。

「今日も、私に用事でしょうか？　では、またカフェにでも――」

「ここでいいわ。すぐに済むから」

真綾は鋭い視線を突きつける。ふたりが立つのは歩道橋の階段のなかほどだ。話をするような場所ではないし、ほかの通行人が来たら邪魔になるだろう。

だが、真綾は一歩も動く気配がなかった。激しく怒っているようだが、理子にはその理由がわからない。仕方なく彼女の言葉の続きを待った。

「深雪さんに泣きついたの？　彼、冷徹だって噂だったけど意外と優しいところがあるのね。ますます欲しくなっちゃった」

（泣きついた？　どういう意味？）

真綾と会ったあとの一週間ほどは、深雪とまったく連絡が取れておらず、なにも話していない。

「あの、なにか誤解されていると思います」

理子は冷静に話をしようとするけれど、迫ってくる彼女の瞳はやけにギラギラとした熱を帯びている。

(怖い)

背筋がひやりとして本能的な恐怖を感じた。

「はっきり言わないとわからないようだから教えてあげる。あなた、身の程知らずなのよ。本気で天沢家の御曹司と結婚できるとでも思っているの?」

彼女の迫力に押されるようにして、理子は一歩後退する。ここが階段であることをすっかり忘れて——。

「え?」

思っていた場所に地面がなく、足元のバランスを崩す。ふわりと後ろに身体を引かれるような感覚があった。

「嘘、ちょっと!」

もちろん真綾も階段から突き落とそうなんて意図はなかったのだろう。驚愕に目を丸くし、こちらに手を伸ばしてくれた。が、紙一重でつかむことができずに理子の身体は下降していく。

(助けて、赤ちゃんが!)

「理子!」

深雪の声が聞こえた気がしたが、また幻聴だろうか。

八章　守りたい

ニューヨーク。こちらの時間で現在は夜の十一時だ。ホテルのベッドで、深雪は何度目かの寝返りを打つ。

（誰なんだ、あの男は）

今回のアメリカ出張は決して長くはない日程であちこちを回るため、非常にハードスケジュールだ。わずかしかない休憩時間にはしっかり身体を休めなければならないのに、あの男の横顔がちらついてちっとも心が休まらない。理子の病室に向かっていった、美形の金髪男。

今朝、日本時間では夜になるが、理子とビデオ通話をした。彼女の体調不良は大きな病気などではなく、深雪の助言を聞き入れて今は喜一のマンションで過ごしているようだ。ひとまずは安心だが、理子の様子が少しおかしい気がした。なにか迷うような、隠しているような……。

（あの男と関係があるのか？）

そんなふうに勘繰ってしまい、深雪の態度もどこかぎこちなくなった。互いに気まずい空気を感じ取り、ごく短時間で通話を終えた。

(聞けばよかったのに、どうして言い出せなかった?)

「はぁ」

深雪は深いため息を落とす。たとえばビジネスなら、少しでも気になった点はすぐに確認する。嫌な予感のするものならば余計に急ぐ。トラブルは小さいうちに対処すべきで、放置していい結果になるケースなどひとつもない。わかりきっていることなのに……理子が絡むと冷静な判断ができなくなる。

(あの頃となにも変わっていないな。臆病でおろかで、どうしようもない)

次に電話をするときこそ、あの男の正体を理子に聞こう。そう決心したのに、予定していた仕事で大きなトラブルが発生し、その対応に追われるはめになった。

帰国前日の昼過ぎ。深雪は車で宿泊先のホテルへと向かっていた。当初のスケジュールとトラブル解決を並行して進め、やっとひと息つける状態になった。

(どうにか仕事は無事に終わった。ひと晩ゆっくり休んで、明日には日本に向けて出発できる。トラブルのおかげで、この一週間ほどはまったく理子に連絡できなかったな……)

彼女が何度か連絡をくれていたのに返事もできない状況だった。

(ホテルに戻ったら、すぐに電話をして謝罪しよう)

ほかにも気にかかっていたことを思い出し、深雪は同行している秘書、真木(まき)に尋ねた。日本に戻ってから秘書になってくれた彼は、深雪より三つ年上。献身的でよく気のつく、優秀な男だ。

「そういえば、この前のパーティーの件は両親からなにか回答があったか?」

例の理子が倒れてしまったときのことだ。深雪は理子について病院に行き、翌日はすぐにアメリカに出発してしまったので両親や招待客へのフォローはできずじまいだった。

『婚約者の山根理子は体調不良によるやむを得ない退席だった。またあらためて紹介する場を設けたい』と伝えるよう真木に頼んであったのだ。

「はい。ちょうど今朝、代表からメールが届いておりました」

代表とは深雪の父のことだ。深雪の隣で彼はノートパソコンを開き、父からのメールを読みあげてくれる。

父らしい硬い文面だが、別に気を悪くした様子はなさそうだ。

「元気になってからまた食事会でも、とのことです」

「そうか、よかった」

過去の秘書の件があったせいで、理子は自分を認めてもらえないのでは？と不安に思っているようだった。たしかに深雪の両親にはシビアな一面がある。天沢グループを率いる立場なのだから当然だろう。しかし、その厳しい目がチェックするのは家柄や資産といった表面的な部分ではない。莫大な財産を得ても己を律することができるか、何万人という従業員たちを正しく導けるか。そういう人間性を重視している。

（たとえ両親や親族がなにを言おうと、俺は理子を手放す気はないが……）

彼女ならばきっと天沢家も認める。そう確信していた。

「あぁ、ほかにも各部署から大量のメールが届いておりますね」

メールボックスを確認しながら彼は言う。

「このあとは少し時間があるから、ホテルでゆっくり確認する。重要なものにはチェックをしておいてくれ」

「かしこまりました。――ん？」

「なにかあったのか？」

彼が眉をひそめているのを見て、深雪は尋ねた。まさか、またトラブルでもあったのだろうか。

「申し訳ございません。数日前に届いていたメールを一件、見落としておりました」

彼もこちらで起きたトラブル対応に追われていたので、仕方ないだろう。『出張中はこまめなメールチェックができない。重要案件は電話で』と各部署には伝えてあったので、目くじらを立てるほどでもない。

「重要な案件か？」

「えっと、いや……」

いつも理路整然と話す真木らしくもなく、言葉に迷っているようだ。彼はパソコンの画面を深雪に向け、説明してくれる。

「日本からの報告で、週刊誌にこんな記事が出たようです」

ネットニュースだ。自分と女性のツーショット写真に、熱愛発覚といったありがちな見出しがつけられている。女性は理子ではない。

「この女性は？」

「五条家のお嬢さんです。歌舞伎俳優である五条雀也の妹さん」

「五條……あぁ、あのときの写真か」

数えきれないほど出席している会合のうちのひとつが、この写真と結びついた。ひと月ほど前、たしか理子と草津に出かける少し前だ。

天沢グループは能や歌舞伎といった伝統芸能の支援をしている関係で、時々こういった懇親会が設けられるのだ。日本に帰ってきたあいさつも兼ねて、深雪も出席した。向こうもこちらも大勢の関係者が集まる完全なビジネスの場で、この記事にあるような艶っぽいものでは断じてない。

店を出るときカメラが狙っているような気配を感じた。そのとき深雪の隣にいた雀也の妹、真綾は芸能人とはまた違うがそれなりに世間に名を知られる人物だ。インフルエンサーとでも呼べばいいのだろうか。SNSの人気者で、セレブリティ枠でブランドのパーティーに出席したり、クライアントの商品のPRをしたりしているようだ。

（カメラが狙っているのは彼女だろうと思って、とっさにかばったが……こういう切り取られ方をするとはな）

「俺はずっとアメリカだったから、こういう記事を出されたことなどなかったし油断していた」

経済誌で名があがることはあってもゴシップ誌とは無縁だった。深雪はくしゃりと自身の前髪を乱しつつ、ぼやく。

「しかし、こんな記事に誰が興味を持つんだ？」

真綾には失礼かもしれないが深雪にはインフルエンサーの価値がよくわからないし、

自分はただのビジネスマンだ。ニュースバリューがあるとは思えない。

　真木は苦笑する。

「若い女性の間ではSNSの影響力は大きいですし、社長もリルージュの宣伝を兼ねてこのところメディアにはサービスしていましたから」

「なるほど。まぁどう読んでもガセネタとわかる内容だし、放っておいても……」

　問題ないと言いかけて、はたと気がつく。

「メールが届いたのは、いや、その記事が出たのはいつ頃だ？」

「記事は十日ほど前のようです。記事のもとになった週刊誌も同日に発売されていますね」

（理子は目にしただろうか？）

　深雪の顔色が変わったのを見て、真木も察したようだ。

「私が見落としていたばかりに申し訳ございません。ご婚約者さまへのフォローを急いだほうがいいですね。すぐに連絡するよう手配いたします」

　理子は聡明だ。記事をそのまま、うのみにすることはないだろう。

（だが、俺のことで彼女に不愉快な思いをさせたくない。たとえほんの少しでも）

「真木。飛行機の便を変更してくれ。今日中に、一分でも早い便を頼む」

「え?」

まさか深雪が、フライトスケジュールの変更をとまで言い出すとは想像していなかったのだろう。真木は驚いた顔を隠さない。

「顔を見て、きちんと説明したいんだ。頼む」

「かしこまりました」

「それから週刊誌にも一応抗議を。今回はともかく、次はないと釘を刺してくれ」

真木はなにか考え込むように眉根を寄せる。

「それですが、記事が出た経緯をしっかり調べたほうがいいかもしれませんね」

「どういう意味だ?」

「いえ、社長のご意見で気がついたのですが……五條真綾さんも社長も、週刊誌の記者が張りつくタイプの著名人ではないですよね。もっと、いかにもネタになりそうな有名人はいくらでもいますから」

彼の言うとおりだ。自分たちの記事など空いたスペースを埋める程度の需要しかないはず。実際、不倫でも結婚報告でもない、たかが熱愛疑惑程度のこのニュースに大きな反響は集まっていないようだった。

「だが、あの会食の場には記者らしき人物が待ち構えていた。そうか」

深雪は真木の言いたいことを察した。

「ええ。最初から〝撮らせる〟つもりだったのではないかと」

「多忙なところ申し訳ないが、すぐに調べてくれ」

「はい」

真木は嫌な顔ひとつせずにうなずいた。深雪はふっとほほ笑む。

「優秀な秘書に恵まれて、心から感謝している」

「もったいないお言葉でございます」

彼は少し嬉しそうな顔を見せたが、すぐに視線をパソコンへと移した。

真木の働きぶりのおかげで、深雪は予定より丸一日近くも早く日本に戻ってくることができた。

（ともかく理子に会おう）

そう思って喜一のマンションに向かう。角を曲がるとマンションのエントランスが見えてきた。そこをフラフラと歩いている女性がいる。

（理子？）

よく顔を確認しようと彼女に近づく。間違いない、理子だ。そう確信するのと、具合の悪そうな彼女が地面にしゃがむのとが同時だった。

「理子！」

深雪は叫び、駆け寄ろうとしたが自分よりひと足先に別の男が飛び出してきた。見知らぬ男ではない、アメリカに行く前に病院で見た彼だ。

深雪はとっさにマンションの壁で自身の身体を隠した。どうしてコソコソしてしまうのか、自分でも理由がわからない。

（本当に、彼は何者なんだ？）

深雪はそっと顔だけ出して、まるきり部外者のようにふたりの様子を眺める。男は心配そうに、そして親しげに理子の身体を支えてやっていた。

「おなかの子は俺の家族でもあるんだから」

会話のすべてが聞こえたわけではなかったが、男の発したその言葉だけは鮮明に耳に届いた。深雪は衝撃に、自身の口を右手で覆った。

（おなかの子？　俺の家族？）

男に支えられながらエントランスへ入っていく理子がふいに、周囲をうかがうように首を動かした。深雪は慌てて顔を引っ込める。

（なぜ逃げる必要がある？）

ふたりのもとへ出ていって話を聞くべき。頭では理解しているのに、心がついていかない。

その夜、深雪は自分のマンションではなくホテルに部屋を取った。万が一、理子が訪れたときにどう対処していいかわからなかったからだ。

シャワーヘッドから勢いよく飛び出す水が深雪の髪と適度に鍛えた肉体を濡らす。おかげで頭と身体は十分に冷えた。しかしメラメラとうねり、燃えあがる嫉妬の炎が消えることはない。

(今、理子に会ったら自分がなにを口走るかわからない)

体調が優れない様子だった彼女に、ひどい言葉を投げつけてしまうかもしれない。自身のなかで暴れる獣を抑えられる自信がなかった。

(おなかの子……理子は妊娠しているのか?)

であれば、体調が悪そうだったのはつわりのせいか。

(そしておなかの子の父親は、俺ではなくあの男?)

自分はまた彼女を失うことになるのだろうか、そう考えると臓腑を握りつぶされるような心地がした。

理子が自分以外の男とも付き合っていた。冷静になれば、ありえない気もするのだ。

仕事以外の時間はほぼ深雪と過ごしていたし、内緒で誰かと連絡を取っているそぶりも一切なかった。あの様子で二股をかけていたとすれば、まさに魔性の女だ。

だが、先ほどの男が嘘をつく理由もまた考えられない。認めるのは癪（しゃく）だが、悪い人間とは思えない男だった。

（病院でもさっきも、彼は心から理子を心配していた）

いったい、なにが起きているのか。こんなに動揺しているのは、理子に振られた十年前のあの日以来だ。

（ビデオ通話で様子がおかしかったのは妊娠のせいか。ほかの男の子どもを妊娠したと、俺に告げるのをためらった？）

そういう事情なら様子が変だったのも納得がいく。

（そう……なのか）

キュッとシャワーを止めると、バスルームは急に静かになった。心にぽっかりと穴が空いたような気分だ。

正直、子どもの父親が誰かというのは深雪にとって大きな問題ではない。理子の産む子どもなら愛せる自信はある。だが、彼女が深雪ではなく彼の手を取ったら？　その瞬間、自分がどうなってしまうのかわからなくて恐ろしい。

翌日、二週間ぶりのリルージュ社長室。不在の間にたまっていた仕事を片づけなくてはならないのに、ゆうべ一睡もできなかったせいでどうも効率があがらない。

「社長、大丈夫ですか？」

かけられた声にハッとして深雪は顔をあげる。

「顔色が優れないようですが……。婚約者さまとはお話しできましたか？」

真木が気遣う声音で言った。

「いや、まぁ……大丈夫だ」

深雪が言いよどんだのを察したのだろう。彼はそれ以上の詮索はしてこなかった。

「例の週刊誌の件、多少わかってきたことがあるのでご報告します」

こんなにすぐ報告があるとは思っていなかったので、やや驚いた。父がわざわざ声をかけて引き抜いたというだけあって、真木は思った以上に有能だ。

「五條真綾のほうは事前に記事が出ることを認識していたようですね。ＳＮＳでそれを匂わせる発言をしていますし、友人の証言も確認済みです」

「五條家は承知していたということか？」

彼らにとって天沢グループは大切な後援者。持ちつ持たれつの部分もあるが、立場としてはこちらが強いはずで、そう勝手なマネをするとは思えないのだが……。

「それはまだ調査中です。ご令嬢の独断という可能性も否定できません。五條家は彼女に甘いという話ですから」

名跡を継ぐ男児よりは自由な生き方が許されるのだろう。それに、梨園の娘はなかなか複雑な立場でもある。もちろん何不自由ない生活が保証されるが『男児に生まれていたら……』という視線を絶えず受け続けることは容易に想像できる。

そういう側面もあるので、娘にはより甘くなるのかもしれない。

「五條真綾が勝手にしたこと……」

やりそうな人物だっただろうか。深雪はあの会合の記憶をたどる。

「そういえば、やけにベタベタしてきて少し面倒に感じた覚えがあるな」

といっても深雪が出会う女性の九割はそんな感じなので、気にも留めていなかった。

「どちらにしても」

深雪は話を切りあげるべく真木を見据えた。

「五條家には抗議しておいてくれ。公式に記事を否定する文書などを出してくれるなら、なおいいな」

たとえ真綾の単独行動だったとしても、五條家におさめてもらうしかない。

「承知しました」

真木はスッと頭をさげる。仕事の速い彼ならばすぐに動いてくれるはずだ。

（週刊誌の件はこれでいい。問題は……）

真木が去って、ひとりになった社長室で深雪は小さくため息をつく。それからスマホを取り出した。


夕方六時。リルージュの業務時間は終了しているが、いつもなら深雪はまだ社にいて働いている時刻だ。それは、目の前にいる彼も同じだろう。

レオ＆ベルのある渋谷の喫茶店。一番奥のテーブル席に深雪と喜一は向かい合わせに座っている。深雪が用件を切り出した途端に、彼は「はぁ？」と脱力した。

「なに、それ。硬い声で電話してきて『オフィスではなく別の場所で』なんて言うから、どんな重大なトラブルかと思ったら……」

ビジネスの話でないとわかった瞬間に、敬語ではなくなるところも彼らしい。

「僕は忙しいから、理子の話は理子に直接聞いて。たとえ暇でも、いい大人になった妹の恋のキューピッド役なんかやりたくないよ」

情け容赦なくばっさりと切り捨てられてしまった。もっとも彼の言うとおりではあるだろう。

「それができたら、喜一を呼び出したりしないよ」

憂いを帯びた、弱々しい笑みがこぼれる。

「うっ……」

別に狙ったわけではないのだが、その弱さが喜一に響いたらしい。お人好しで、困った者を放っておけないところは兄妹でそっくりだ。

「じゃあまぁ、話を聞くだけ」

喜一は諦めた様子で椅子に深く腰かけ直し、コーヒーの入ったカップを口元に運ぶ。それから、呆れた顔で深雪を見つめる。

「にしてもさ、ビジネスの場では一分の隙もないくせに、理子が絡むとどうしてこんなにダメダメになるの？」

「否定はしないけど、こうなるのは喜一のせいでもある」

「僕？」

深雪はうなずく。

「昔、俺と理子が付き合いはじめた頃、喜一に釘を刺されたから」

彼の頭には疑問符が浮かんでいる様子だが、深雪は一言一句はっきりと覚えている。

『理子を傷つけないでよね。傷つけるなら、それはもはや愛情じゃないよ』

当時の喜一は妙に老成(ろうせい)した雰囲気を持つ少年で、深雪はあの頃から彼には一目置いていた。深雪の愛情はいつ暴走するともかぎらない危うさをはらんでいる。彼はそれを見抜いていた。

「喜一の言うとおりだと思った。だから俺は……理子にはどうも臆病になる」

「あぁ、そんなこと言ったかも。まぁ事実だし、謝る気はないけれど」

喜一はふっと唇の端をあげる。

「僕はこう見えてシスコンなんだ。深雪くんの愛は重すぎて、それが理子の負担になったり、邪魔をしたり、傷つけたりしないか今も心配」

そう言う喜一自身の愛もだいぶ重そうだ。わかりづらい男だが、人に頓着しない彼が理子だけは大切にしている。それは知っていた。彼女の周りにはそういう男が集まるのかもしれない。

喜一は容疑者を尋問する刑事のような目で、深雪の顔をのぞく。

「今回の唐突に決まった結婚だって……どうせ深雪くんの策略なんでしょう？」

理子から『ビジネス婚ということは、お兄ちゃんやレオ&ベルの社員には絶対に内緒で』と頼まれていたので、深雪は誰にもなにも漏らしていない。もちろん理子だってそうだろう。だが喜一は裏があると察していたようだ。肩をすくめて彼はぼやく。

「まぁ理子が幸せにしているかぎりは、なにも言わないけどさ」

つまり、不幸にするなら口も手も出すぞということだろう。

「理子の男の趣味はいまいちだ。僕が女性だったら深雪くんは嫌だね。もう少し放っておいてくれる男がいい」

告白したわけでもないのに振られてしまい、深雪は苦笑いをこぼした。

「自分が独占欲と執着心の強い面倒な男だということは自覚している。でも理子を傷つけたりはしない、誓うよ」

「別にふたりの結婚に反対しているわけじゃないさ。楽ちゃんの言うとおり、理子の受け止め方次第だしね」

結局、かわいい妹が嫁に行ってしまうのが寂しいのかもしれない。喜一は切なげに目を細めた。

「理子が幸せならそれでいい。あいつは誰よりも逞しいから、深雪くんが暴走して獣化しても案外あっさり手懐けちゃうような気もするしね」

理子は逞しい。そこは深雪も同意する。

「それで、深雪くんの用件は？　理子のなにを聞きたいの？」

「あぁ。でもその前に『楽ちゃん』って誰のことだ？」

喜一の口から自然と語られたので聞き流しそうになったが、知らない名前だ。喜一はキョトンと目を丸くした。

「あれ、理子から聞いてない？　紹介するって言ってたけどな」

「聞いていないぞ」

「うちの母の再婚相手。だいぶ年の差婚でまだ三十代だから、父親って感じはまったくしないけどね。でも実の両親以上に親らしいことをしてくれる人で――」

「金髪の、やけに顔のいい男か⁉」

喜一の言葉を最後まで聞かず、深雪は身を乗り出して彼に詰め寄る。

「うん。年齢を考えると驚異的なレベルで顔はいいね。性格もいいし、料理もうまい。金はないけど」

全身からがくりと力が抜ける。思い返せば、親族にひとりだけ紹介したい人がいると理子は言っていた。それが彼なのではないだろうか？

『おなかの子は俺の家族』という言葉も、義理の娘にかけたものと考えると……意味が変わってくる。

「喜一」

深雪は顔をあげ、怖いくらいに真剣な表情で彼を見る。

「理子は妊娠しているのか？　子どもの父親は……」

勘のいい喜一は深雪がなにを誤解したのか悟ったようだ。

クスリと笑って肩を揺らす。

「僕の口から話す内容じゃないし。理子に直接聞いて。この時間ならまだ会社にいるかもよ？」

「……そうする」

喜一に促されて、ふたりは喫茶店を出てレオ＆ベルに向かう。

道の途中で、深雪はある光景に目を留めた。歩道橋の階段、中段辺りで女性同士がなにか言い争いをしているようだった。

「ん？」

（なにもあんな場所でなくとも）

喜一も同じことを思ったようで、困った顔でそちらを見あげた。

「危ないなぁ。どうしよう、面倒だけど止めに入ったほうが……」

喜一はそこで言葉をストップし、目を見開いた。深雪はもう駆け出していた。ふたりは同時に気がついたのだ、女性の片方が理子であると。

あんなところで万が一のことがあったら……その深雪の不安は的中してしまった。理子じゃないほうの女がなにをしたのかは深雪の位置からは確認できなかったが、バランスを崩した理子の身体が宙に浮く。

「理子！」

頭が真っ白で、自分の足が理子を守るためにきちんと動いているのか、それすらもわからない。

疑惑はすべて誤解だったのだろう。理子はほかの男など見ていなかったし、彼女のおなかに宿る命はきっと自分たちの愛の証だ。

けれど……もしも理子が自分ではないほかの男を選んだとしても構わない。自分の隣でなくても、彼女が幸せそうにほほ笑んでいるのならそれで十分じゃないか。理子の身に危険が迫る状況になってようやく、一番大切なことに気がつけた。

守るべきものは、理子とおなかの子どもの幸福な未来。そのためなら、自分の命すら惜しくはなかった。

九章　幸せになれるようです

身体が投げ出されたその瞬間、すべてがスローモーションになった。

（こういう現象が起きるってことは、私、かなりまずい状況なのかな）

走馬灯も見えはじめた。プライベートの時間でもビデオカメラを構えてばかりの父、絵本を読むのがやたらと上手だった母、冷めているようでその実、いつも理子の味方になって守ってくれた喜一。学生時代は本当に楽しいことばかりだった。葵たちと一緒に過ごした時間は理子の人生の宝物だ。

そして……走馬灯はだんだんと彼一色になっていく。憧れてやまなかった大人びた微笑、別れてしまったときの身を引き裂かれるような痛み、再会の驚き。

大人になった彼はかつてとは別人のように意地悪で強引で、夫婦になるなんてありえない。そう思ったのに、理子は深雪に二度目の恋をした。

彼はずるい男だ。熱いキス、情熱的な抱擁、好きだという言葉。どれもかつての理子が欲しくて仕方がなくて、けれど与えてもらえなかったもの。彼の見せる嫉妬や独占欲は、理子にとって甘すぎるご褒美でしかない。

(十年も焦らしたあとで、惜しみなく注いでくるとは……とんでもない策士だわ)

あらがえず、あっという間にまた好きになって溺れきってしまったのは、すべて深雪のせいだ。

だから、このままでは少し悔しい。彼にも同じくらい溺れてもらわなくては。

(そのためには、ちゃんと自分の言葉でもう一度『好き』と伝えないと。深雪さんの赤ちゃんを授かったとわかったとき、どれだけ嬉しかったかも)

理子はおなかをギュッと抱く。

(しっかりして。私にはこの子を守る使命があるでしょ!)

どうにか受け身をとれないものかと身体をひねる。全身に襲いかかってくるであろう痛みを覚悟して身を硬くしたが、次の瞬間、理子の身体は温かいものに包まれた。

そしてそのままコロコロと何度か回転し、止まった。

(え? 痛くない?)

自分の置かれている状況がすぐには理解できず呆然としてしまう。

「理子、深雪くんっ」

悲鳴にも似た喜一のその声で、理子はようやく我に返る。予想したとおり、階段の中段から一番下へと転げ落ちている。けれど理子の下にあるものは硬い地面ではなく柔らかい深雪の身体だった。彼が理子をかばって下敷きになったのだろう。

「深雪さんっ」

状況を認識した理子の顔が青ざめる。

彼を助け起こそうと首の後ろに手を差し入れると、ぬるりとした感触があった。恐怖におじけづきそうになりながら理子は自身の手を確認する。

真っ赤なそれは彼の血だ。

「い、嫌っ。深雪さん死んじゃダメです」

深雪の身体にすがりつくように覆いかぶさる。

「赤ちゃんが！　パパと、深雪さんと会えるのを楽しみにしているはずですから」

理子の声があまりに大きいので、周囲を歩く人々がチラチラと視線を送ってくる。

「え、事故？　救急車を呼んだほうがいいのかな？」

「いやぁ、なんかの撮影とかじゃないか」

そんな話し声が聞こえた。

一番先に冷静になった喜一が、理子を落ち着かせようとする。

「理子、待って。深雪くんが転がったのはせいぜい数段。さすがに死にはしないと思う。だいいち、意識もちゃんとあるようだし」

「え?」

深雪の胸に顔をうずめていた理子は弾かれたように上体を起こして、彼を見る。喜一の言ったとおり深雪はしっかり目を開けていて、なぜか幸せそうにほほ笑んでいる。

「そうか。やっぱり俺の子か」

「深雪さん！　大丈夫ですか？　血が……」

頭から大出血している、理子はそう思い込んだのだが……。深雪は痛みに顔をゆがめながらも、問題なく上体を起こした。頬に手を当てながら言う。

「このへん、頬とか耳の辺りを擦って出血したようだ。あとは背中と肩の打撲か。頭は大丈夫だと思う」

自身の身体を触りながら確認している。血が出ている顔の傷はかなり痛々しく、擦り傷の範疇(はんちゅう)をこえているように見えた。

「理子が足を踏み外した場所はそれなりの高さがあったけど、深雪くんが受け止めてふたり一緒に転がったのは三段ぶんくらいしかなかったと思う」

落ちたときの状況を喜一が解説してくれる。

たしかに、しっかりと言葉も出ているし命に関わる怪我ではなさそうだ。理子は心から安堵して、思わず涙がこぼれた。

「……かった、よかった～」

「俺なんかより理子は？　怪我していないか？　おなかが痛いとかは？」

「あ、私自身は大丈夫です。どこも痛くはありません。けど」

（痛みは全然ないけど、赤ちゃんは大丈夫だろうか）

理子の不安を引き取って、喜一が言う。

「タクシーを拾うから、理子はかかりつけの産婦人科。深雪くんも病院で診てもらって。それから――」

喜一は歩道橋の上へと視線をあげる。

「あっ」

理子も彼女の存在をようやく思い出し、顔を向けた。さっきの場所から一歩も動かず、真綾は白い顔で愕然としていた。

「真綾さんっ」

理子の呼びかけに彼女はビクリと身体を揺らす。そして、手すりにすがりつきながらガクガクと震える足で階段をおりてきた。おびえたように瞳を惑わせる彼女を、深雪がキッと見据える。

「五條真綾だな。話を聞かせてもらおうか」

その声は地の底を這うように低く響いた。猛烈な怒りの炎がそこに見える気がする。

「な、なによ。悲劇のヒロインぶっちゃって」

恐怖から逃れるためにあえて強がっている。理子の目にはそう映った。

「人に危害を加えておいて、よくもそんな口がきけるな」

深雪の眼差しは凍りつくように冷たい。もう顔も見たくないとばかりに彼女に背を向け、吐き捨てる。

「まぁいい。警察に任せよう」

「ま、待ってください。転んだのは私の不注意で、彼女がなにかしたわけでは」

理子は説明をしようとするが、怒りに冷静さを失っている深雪は聞く耳を持たない。

「こんな女をかばう必要はないよ」

「深雪さん!」

(あぁ、完全にキレてしまっている)

弱りきった理子を助けるように喜一がふたりの間に入った。

「まぁまぁ。僕や深雪くんの位置からじゃ、ふたりの動きの子細は見えなかった。決めつけて断罪するのはよくない。それに……」

喜一はちらりと真綾を見る。

「おそらく、故意に突き飛ばしたりはしていない。だろう？」

その台詞は彼女に向けたものだったけれど、真綾は答えない。

「なぜそう思う？」

深雪は納得いかないと言いたげな顔で喜一に問う。

「理子を助けようと手を伸ばしていたのは見えたし、それで自分も落ちかけて怪我をした……ってところなんじゃないかな？」

よく見れば、膝丈のスカートから伸びる彼女の脚は大変なことになっていた。ストッキングが派手に伝線し、深雪の顔ほどではないが膝小僧から血がにじんでいる。理子を助けようとした拍子に、ぶつけたのかもしれない。

喜一は細く息を吐いた。

「とはいえ、君には状況を説明する義務があると思う。また日を改めてということで、どうかな？」

後半は彼女にというより、深雪に確認する口ぶりだった。

「そうだな。今はその女より理子の身体が心配だ」

深雪が答えたとき、ちょうど向こうから乗車可能なタクシーが走ってきた。深雪は手をあげて合図をする。

「行こう、理子」

「はい……」

深雪に肩を抱かれ踵を返しかけたが、理子は最後に真綾を見て声をかけた。

「あの！　怪我させてしまってすみません。病院に行ってくださいね」

先ほどの言い争いはともかく、理子が転んだのは彼女のせいではない。怪我をさせてしまったのは理子のほうだ。喜一が真綾にハンカチを差し出す。

「よかったら使って」

三人でタクシーに乗り込んだあと、深雪が不満そうに口をとがらせた。

「いくらなんでも、君たち兄妹はお人好しすぎないか？」

理子より深雪のほうが心配な状況に思われたが、彼はどうしてもと聞かずに理子の産婦人科に付き添った。そこでおなかの赤ちゃんの無事を確認して、それから深雪の病院にも行った。彼の怪我も深刻なものではなく、理子は胸を撫でおろした。

喜一と別れ、ふたりで深雪のマンションに帰る。ソファに並んで腰かけて、ようやくひと息ついた。

「理子もおなかの子も無事で本当によかった」

「はい」

それはそのとおりなのだが……理子は自身のおなかに視線を落とす。先ほど、産婦人科の医師から言われた言葉を思い出す。

『今回はよかったけれど、ひとりの身体じゃないことを自覚してこれからは気をつけてくださいね』

(先生の言うとおりだ。私の不注意で赤ちゃんを危険にさらしてしまった)

おなかに両手を当てて、小さな声で話しかける。

「私のせいで、怖い思いをさせて本当にごめんね」

隣で聞いていた深雪も申し訳なさそうな声を出す。

「悪いのはママじゃない。俺の責任だ」

それから深雪は理子に向き直り、真剣な顔で頭をさげた。

「妊娠のことも、五條真綾のことも、気づくのが遅くて理子を守れなくてごめん」

「いいえ、守ってもらいました。おなかの子の無事は、深雪さんのおかげです」

おおげさじゃない。ひとりで階段から転げ落ちていたら、理子も赤ちゃんもどうなっていたかわからないのだから。

「でも、フライト予定を変更されましたか？　帰宅はもう少し遅いと思っていたので、あの場所に深雪さんが現れてびっくりしました」

あのくらいの時間に、飛行機が空港に着く予定だと聞いていた。

「実は、予定を大幅に変更してゆうべには日本に帰ってきていたんだ」

「ええ、どうして？」

「アメリカで五條真綾との記事を知って、理子に直接説明したくて帰国を早めた」

「そうだったんですね」

彼が自分のために行動してくれた事実が嬉しい。けれど、ふと疑問が湧いた。

「それならなぜ、ゆうべ連絡してくれなかったんですか？」

ぎくりとしたように彼の顔が引きつる。バツが悪そうに後頭部をかきながら、深雪は話し出した。

その内容は理子にとってはあまりにも荒唐無稽で、開いた口が塞がらなかった。深雪は昨日、理子と楽次郎が一緒にいるところを目撃していたそうなのだ。

（じゃあ深雪さんらしき声も、視線も、勘違いじゃなかったのね）

そして、深雪はおなかの子の父親が楽次郎ではないかと疑ったと言うのだ。

「さっき喜一から彼の正体を聞いて、やっと誤解だと理解した。ごめん」

彼は申し訳なさそうに小さく頭をさげた。理子は困惑を抑えてどうにか言葉を紡ぐ。

「楽ちゃんを『誰だろう？』と気にするのは、わかります。彼のこと、まだ深雪さんには説明できていなかったから……でも！」

おなかの子の父親と誤解されるなどとは想像もしていなかった。

（たしかに、楽ちゃんの発言も誤解を招きかねないニュアンスではあったけど）

「俺がアメリカに発つ前、彼が理子のいる病室を訪ねてきただろう？」

「はい。お兄ちゃんの代わりに着替えを持ってきてくれて」

「実はそれも見ていたんだ。親しい間柄なのかと嫉妬して、テレビ電話のときも理子に聞くべきかかなり悩んで……」

「聞いてくれたらよかったのに」

そうすれば、おかしな誤解は生まれなかったはず。

「けど理子も、テレビ電話での様子がいつもと違う感じだったから」

「私のほうは妊娠に驚いて、深雪さんにどう伝えるべきか悩んでいました」

「そういうことだったのか。あぁ、それと出張の後半はまったく連絡できずに悪かった。大きなトラブルが発生して時間が取れなくなってしまって」

深雪はトラブルについて具体的に教えてくれた。

「それは……すごく大変でしたね」

返事がなかった理由が納得できるもので、すごく安心した。離れていた期間のモヤモヤの答え合わせがようやくできた気分だ。

(真綾さんが本命だから……なんて勘繰りすぎだったのよね?)

それを深雪に確かめる。

「記事の説明をするために、帰国を早めたと言ってくれましたよね。じゃあ、やっぱりあの記事は?」

「デタラメだよ。あの場には二十名近くの関係者がいたから、証人はいくらでも用意できる」

ホッとして無意識に頬が緩む。それを見た深雪がクッと苦笑いをする。

「そんな顔を見せるということは……多少、疑われていたわけだな」

「ご、ごめんなさい。その……九十九パーセントは嘘だろうなと思っていましたよ。疑う気持ちはほんの一パーセントくらい」

必死に言い訳するように理子は続ける。

「でも、あんなに綺麗な女性との噂が出たらやっぱり……不安になります」

深雪はちょっと嬉しそうに、甘く笑む。

「ヤキモチを焼いてもらえるのは嬉しいけど。でも理子があの記事だけでそんなふうに考えるとは思えないな。俺がアメリカにいる間、なにがあった？」

今度は理子のほうが、この二週間に起きたことを説明する。パーティー会場から運ばれた病院で妊娠が発覚したものの、深雪への報告を悩んだこと。

「せっかくのお披露目パーティーだったのに、きちんとごあいさつができなくて。このタイミングで妊娠はどう思われるだろう……とか、考えすぎてしまいました」

「俺の両親は理子の体調不良を心から心配していたし、退席を無礼だなんて思ってない。妊娠もきっと大喜びしてくれる。なにも心配いらないから」

パーティーの件は、深雪がきちんとフォローをしてくれていたようだ。

「それで？」

深雪に続きを促され、真綾の件も順を追って話した。

「会社でネットニュースを見て驚いて。その後、真綾さんが私を訪ねてきました」

カフェでのやり取りは彼女を悪者にしすぎないよう少し言葉を選んで話したが、あまり意味はなかった。深雪は激しい怒りをあらわにする。

「脅迫じゃないか。やっぱり警察に突き出すべきだった」

「でも、真綾さん……どうして今日、急に来たのでしょうか？　前回会ったときは、余裕たっぷりで『待つ』と言っていたのに」

今日の彼女はなにか焦って、追いつめられているような雰囲気だった。深雪は重いため息をつく。

「詳しくはこれから調べるが……今回の一連の動きは、彼女が五条家の許可も得ず勝手にしたことなのでは？　俺が五条家に抗議をしたから、親か兄にこっぴどく叱られでもしたのだろう。それで逆上して……」

まだ推測の域を出ないが、ありえる線かもしれない。五条家は名門だが、天沢グループの機嫌を損ねられる立場ではないだろうから。

「彼女の件はきちんと調べて理子にも報告するよ」

「はい」

白状すると彼女のことは好きではない。嫌な女性だなという印象は今も拭いきれていなかった。けれど……。

「深雪さん。真綾さんが私を助けようとしてくれたのは本当です。差し伸べられた手を私自身がこの目で見ましたから」

「わかった。必要以上に大事（おおごと）にはしない」

呆れ顔になりながらも、彼はそう約束してくれた。

（やっぱり真綾さんのことは誤解だった、よかった！）

あらためてそれを確認できて、理子の心はじんわりと温かくなった。

「不安にさせて悪かった。もう二度とこんな思いはさせない」

彼の腕が理子の肩に回る。そのまま優しく抱き締められた。深雪の胸のなかで、理子は上目遣いに彼を見つめる。

「深雪さんの『復讐』は、まだ続いていますか？」

「復讐……そうだったな」

彼が復讐計画の全容を明かしてくれる。

「レオ&ベルの存在を知ったのは本当に偶然だよ。純粋に事業内容に興味が湧いてね。だから、喜一の立ちあげた会社だと知って驚いた」

そこで、深雪は苦い笑みを浮かべた。

「君たちとはただの昔なじみ、ビジネスとして付き合えばいい。そう考えていたけれど……理子と再会してしまったら、そんなの無理だと悟った」

彼の手が理子の髪を払い、優しく頬を撫でる。

「どうしようもなく君が欲しくなった。俺の復讐は理子の心を奪うことだったんだ」

再会当初の、彼の冷徹そうな顔を思い出す。あの仮面の下にそんな思いを隠していたとは知らなかった。君が欲しくなった、その言葉が理子の胸をときめかせる。

「ビジネスのために君と結婚する。リルージュの人間として合理的な判断をしたつもりだったが、理子も見抜いたようにほかの手段を選ぶこともできただろうな。そうしなかったのは……やっぱり私情が交じったからだ」

彼は理子にコツンと額を合わせ、困ったように眉尻をさげる。

「誰かに奪われる前に君の夫というポジションを手に入れたかった。卑怯なマネをして、申し訳なかった」

「えっと、その……私も本当に嫌だったら断っていたと思います。心のどこかで、あなたの妻になりたい願望があったから。だから承諾したんです」

理子の答えに彼は少し嬉しそうにほほ笑んだ。

「そういうわけだから、俺の復讐はまだ継続中。けど……」

彼はそこで言葉を止め、じっと理子を見つめた。獰猛で甘い瞳は理子をとらえて、離さない。

「すっかりミイラ取りがミイラになってしまった。息もできないほどに溺れきっているのは、俺のほうだ」

理子は自分の胸にそっと手を当てた。

身勝手に別れを選んだ過去、ビジネスとしての結婚、真綾の登場。彼との間に横たわっていたわだかまりがすべて消え、ようやく自分の心とまっすぐに向き合えた。

(この胸にある思いは、昔も今もひとつだけ)

「まだ気がつきませんか? 深雪さんの復讐計画、とっくに大成功していますよ」

パチパチと目を瞬いた彼に、理子は告げる。

「大好きです。昔も今も、これからも」

(伝えたくて、でも伝えられなかった言葉……やっと言えた)

彼の瞳が今にも泣き出しそうに潤む。

「えっ、深雪さん⁉」

「ありがとう。俺も同じ。未来永劫、理子だけを愛すると誓うよ」

彼の長い指が理子の顎をすくう。そして優しく唇が触れた。角度を変えながら幾度もキスを繰り返し、互いの愛を確かめ合う。

「妊娠のこと、こんな形で伝わってしまったけれど……喜んでくれますか?」

彼の顔をのぞけば、甘やかな笑みが返ってくる。

「当たり前だろう。理子の血を受け継ぐ子がこの世に生まれてくるんだぞ。世界中の誰よりも、俺が一番嬉しいに決まっている」

ふふっと理子は笑みをこぼした。

「深雪さんの子でもありますよ。男の子ならかっこいいだろうし、女の子なら間違いなく美人になるだろうな」

彼に似た子ども、想像するだけで顔がにやける。

深雪の手が理子のおなかを優しく撫でた。

「やっと、やっと……手に入れた。なにがあっても理子とおなかの子を守るよ」

「私も。深雪さんと私たちの子を幸せにできるようがんばります！」

理子の明るい笑顔に、深雪はまぶしそうに目を細めた。

「喜一の言うとおりかも」

「え？　なんの話ですか？」

彼が、喜一とした会話を明かしてくれる。

「俺のなかには、理子が好きすぎて時々暴走する獣が住んでいるんだけど……喜一がさ、理子ならあっさり手懐けるんじゃないかって」

深雪の顔をしたかわいい狼を想像して、理子はぷっと噴き出した。

「手懐けられるかはわからないけど……暴走したっていいです。私、完璧な深雪さんを好きなわけじゃないですから」

愛情表現に関しては案外不器用な人だ。理子を傷つけないようにと抑えすぎて伝わらなかったり、かと思えばとんでもない誤解でヤキモチを焼いたり……。

理子は彼の胸にうずめていた顔をあげて、正面から深雪を見据えた。

「私、深雪さんのどんな姿も好きです。だから、私のために無理したり我慢したりはしないでください。ありのままのあなたを……愛するから」

深雪は幾度か目を瞬き、それから「ははっ」と声をあげて笑った。

「やっぱり理子は魔性の女だな。そんなふうに言われたらさ」

ふいに、彼の声が一段低くなった。理子の頬をくすぐりながら、小首をかしげてこちらをのぞく。その瞳はどこか煽情的な色を帯びていて、理子をドキリとさせた。

「するよ、暴走」

「み、ゆきさんっ」

呼びかける声を食べてしまうように彼の唇が重なる。口内で自由に動く舌先が理子を煽って、その熱を高めていく。

「ん、はぁ」

「かわいい声。もう少しだけ聞かせて」

甘くて妖しいその笑顔に囚われて、逃げられなくなってしまった。

それから数日後。レオ&ベルに真綾と彼女の兄、五條雀也が訪ねてきた。喜一と理子で対応する。

初めて会う雀也は姿勢がよく、目力が強い。さすが人気歌舞伎俳優といった貫禄がある。喜一に続いて理子が席に着くと、彼はすぐさま頭をさげた。

「このたびは妹が無礼なマネをして、本当に申し訳ございませんでした」

よく通る声の迫力に押されて、なぜだか恐縮してしまう。

「いえ、そんな……ねぇ」

理子は言って、いつもどおり冷静な喜一にこの場を任せた。

「はい。こちらとしては経緯が知りたいだけですから、顔をあげてください」

喜一に促され、雀也が話し出す。

「ここに来る前にリルージュにもうかがいました。天沢社長に、自分よりも理子さんに謝罪してほしいと叱られましたよ。あ、もちろん天沢社長に言われたから来たわけではありません。そこは誤解しないでください」

焦ったようにつけ加える雀也に、理子と喜一はうなずく。

「週刊誌に記事を出させたのは真綾本人です。知人のつてで、記者に連絡を取ったようで」

雀也の隣で、真綾は神妙な顔をしている。

「どうしてそんなことを？」

理子は彼女に尋ねたが返事はない。小さくため息をついて、雀也が説明する。

「実は真綾には内々に婚約を進めていた相手がいたのですが……向こうの自分勝手な都合で破談にされてしまいました」

雀也は「ここだけの話」と念押ししてから、相手の名前を明かしてくれた。天沢グループの最大のライバルでありながら近年はかなり押され気味のとある企業の、社長令息だった。

「天沢社長と結婚が決まれば、彼をギャフンと言わせられる。そんな浅はかな考えを行動に移したようで……両親や私が甘やかしてきた結果でもあります。心から謝罪を申しあげます。ほら、お前も」

雀也に背中を叩かれ、真綾はおずおずと顔をあげた。理子に向かって口を開く。

「……妊娠しているとは知らなかったの。本当よ」

「そこは疑っていませんよ」

あの時点ではまだ、深雪にすらきちんと報告していなかったのだから。彼女が知るはずはない。

「前にもお伝えしたとおり、階段でのことは私の不注意でした。真綾さんに責任はありません」

そこで理子は少し厳しい顔になる。

「謝ってほしいのは、そこではなく……」

深雪とデートをしたという嘘、それからレオ&ベルの事業を真綾の失恋の腹いせに利用しようとしたこと。この二点は謝罪が欲しい、理子はそう思っていた。

真綾は深々と頭をさげる。

「ひどい嘘をついて、それと脅迫みたいなマネをして……申し訳ありませんでした」

細い肩がかすかに震えている。彼女なりに反省はしているのだろう。

理子は静かに言う。

「それじゃ、最後にもうひとつだけ」

ビクリと弾かれたように顔をあげた彼女に、理子は笑顔を見せた。

「私が落ちかけたとき、助けようとしてくれてありがとうございました。真綾さんの怪我は大丈夫ですか?」

彼女の膝に貼られた絆創膏（ばんそうこう）に視線を落とす。

「……なさい。ごめんなさい」

彼女の頬を伝う涙は嘘ではないとわかったから、それで十分に気が晴れた。

真綾が落ち着くのを待ってから、雀也がまた口を開いた。

「私を使ってくださるとおっしゃっていたショートフィルムの件ですが、辞退をご要望でしたらもちろんそうします」

「いえ、それは……」

理子と喜一はこっそりと目を合わせる。互いの考えていることがよくわかる。

（それとこれとは別で、出演はぜひしてもらいたい。けど、さすがに浅ましいかな）

ふたりが黙っていると雀也が続けた。

「ですが、もし出演をお許しいただけるのなら……おわびの気持ちも込めて、いい作品になるよう全力を尽くします」

「あの作品はもう雀也さんを前提に動いています。こちらこそ、よろしくお願いいたします」

真綾のことはこれ以降、不問にふす。代わりに雀也はショートフィルムに尽力する。

そう約束して話を終えた。

「それでは。わざわざおこしいただき、ありがとうございました」

扉を開けて、理子はふたりを見送る。去り際、真綾が振り返ってこちらに近づいてくる。彼女は理子ではなく、喜一に話しかけた。

「これ、ハンカチのお礼です」

彼になにかを押しつけると、サッと身をひるがえした。去っていく彼女の足取りは妙に軽やかだった。

喜一はもらった包みを手に、困った様子だ。

「なにもらったの？」

「さぁ……」

「開けてみたら？」

理子に言われるがまま、喜一は包み紙をはがして箱を開ける。中身はネクタイだった。それもとんでもなく高級なブランドの……。

（お兄ちゃんのノーブランドハンカチのお礼が高級ネクタイ？　下心を感じるのは気のせいかなぁ）

おもしろくない気持ちで、理子は唇をとがらせる。

「だいたいさ、この場面でプレゼントをするならお兄ちゃんじゃなくて私にすべきじゃない？」

「そういうがめつい発言は、深雪くんの前ではしないほうがいいぞ」

「いや、がめついとかじゃなくて誠意の問題でしょう⁉」

彼女と仲直りできる日は、まだまだ先になりそうだ。


ようやく暑さもやわらぎはじめた、九月最後の日曜日。気温に比例するように理子のつわりもすっかり落ち着いてきた。

（あまり重くないほうだったみたいで、助かったな）

今日は喜一のマンションに、喜一、理子、楽次郎、夕子、そして深雪が集合している。キッチンでは楽次郎が次々とごちそうを作ってくれていた。

「ありがとう、楽ちゃん」

「理子ちゃんの結婚と妊娠のお祝いだもん。第二の父としては当然さ」

「第一の父は今日も不在だけどね～」

理子はクスクスと笑う。

外見に似合わず常識人な楽次郎が『実のお父さんを押しのけて、俺が理子ちゃんの婚約者にあいさつするのはおかしくないかな？』と気にするので、一応実父にも今日の集まりを知らせたのだ。が、ドキュメンタリー映画を撮ろうと思いついたらしく、もうアフリカに旅立ったあとだった。【楽しく幸せに暮らせよ！】という、あっさりした祝いのメッセージが送られてはきたけれど……。

「いいのよ、あの人は。あの自由奔放さだけが唯一の魅力なんだから」

料理をつまみ食いに来た夕子がケラケラと笑う。

「ええ、夕子さん。元夫を褒めるなんて……まさかまだ未練があるの？」

ショックを受けた顔をする楽次郎に、夕子は妖艶にほほ笑んでみせる。

「別れた夫への未練を断ち切れず物思いにふける私、舞台映えしそうでしょ」

「あぁ、たしかに。大きいホールじゃなくて小劇場で演じてほしいね」

楽次郎の脳内には、もう舞台でスポットライトを浴びる夕子の姿が浮かんでいるのだろう。

「そうね。演者は少なく、いっそひとり芝居かしら！」

いつでもどこでも幸せそうなふたりを横目に、理子はグラスを持ってリビングに足を向ける。視線の先に、喜一とお喋りをしている深雪の姿があった。なんだか緊張した面持ちだ。理子は近づき、声をかけた。

「深雪さん。あの、うちはこんな感じなので……気を使ったりしないでくださいね」

「いや。そうはいっても、結婚の承諾をもらいに来たわけだから。理子だってこの前は緊張していただろう？」

先日、お披露目パーティーのやり直しとして、天沢家のみなさまがちょっとした食事会に招いてくれたのだ。妊婦の理子に配慮してパーティーとは違い、本当に小規模なものだったが、それでも心臓が止まるかと思うほどに緊張した。

ありがたいことに、深雪の両親は理子を温かく受け入れてくれた。

『私は深雪が幼い頃から、人を見る目を磨けと厳しく言ってきた。その息子が選んだ女性が理子さんだ。間違いないと信じている。深雪をどうぞよろしくお願いします』

深雪の父はそんな言葉をかけてくれた。

(お義母さんも優しい人だったな)

かつて、秘書だった女性が理子にひどい言葉をかけたことを深雪から聞いたのだろう。ふたりはその謝罪もしてくれた。

『うちを退職したあとも、どこの企業でも問題を起こしてね。結局、裕福な実家からも見放されて困窮しているようだ。もっとも手を差し伸べる気などないがね』

深雪の父のそんな報告に、深雪は『当然だ』と冷たかった。彼女への恨みは相当なもののようだ。食事会はとても和やかで楽しかった。

「はい。最初は緊張していました。でも、天沢家のみなさんに祝福してもらえて本当に嬉しかったです」

ほほ笑み合うふたりに喜一が声をかける。

「そろそろ乾杯にしようよ」

「そうだね。楽ちゃん、お母さん！」

キッチンにいるふたりを呼ぶ。全員が席に着くと、パーティー好きな夕子が一番先にグラスをかかげた。

「かんぱ～い！」

楽次郎の料理の腕がいいのは大前提だけれどみんなで賑やかに食べると、より一層おいしく感じた。

「いやぁ、俺は深雪くんの気持ちがすごくわかるよ！　結局さぁ、惚れたほうが弱いんだよね」

いつの間にやら酔っぱらっている楽次郎が深雪に絡む。だが、深雪のほうもなんだか楽しそうだ。

「本当にそうですよ」

「夕子さんも理子ちゃんも喜一くんも、惚れられる側だから！　わからないんだよ、俺たちの気持ちはさ～」

楽次郎の戯言に深雪は真顔でうなずいている。

(よくわからないけど、意気投合してる？)

「そういえばお兄ちゃん、真綾さんにネクタイのお礼はしたの？」

「えぇ、なんかしないとダメ？」

「だってあのネクタイ、すごく高価だよ。なにかしらお返しはしたほうが……」

喜一は渋い顔でため息をつく。

「でも、彼女とはできれば関わり合いになりたくないんだけど」

「かばってあげていたじゃない」

喜一にしては、人間味のある珍しい行動だなと意外に感じたのだ。

(もしかして好みのタイプなのかな？と思ったのよね)

「あれは深雪くんがめちゃくちゃキレてたから、冷静にさせるためにしたことだよ。ああいう女性は好きじゃない。なんか、深入りしたら刺されそうで怖いし……」

「なんだ。そういうことだったの？」

喜一が恋人を紹介してくれる日はまだまだ遠そうだ。

ふと会話がやんだタイミングで、深雪が切り出す。

「あらためて、必ず幸せにすると誓うので理子さんと結婚させてください」

夕子、楽次郎、そして喜一に彼は深々と頭をさげる。正直、こういうシーンがあるとは想像もしていなかったので理子は驚き、感動してしまった。

（深雪さん、凛々しくてかっこいいなぁ。私、本当に幸せだ）

「こちらこそ。理子をよろしくお願いします」

夕子は丁寧に頭をさげ返した。その彼女の行動に、喜一と理子は思わず「えぇ～」と声をあげる。

「あら、なんで驚くのよ？」

夕子は不満げにふたりを見やる。

「だって、お母さんが今一瞬、ちゃんとした母親に見えたから」

「うん。『理子が決めることだし、私に頼まれてもね～』とか言うと思ってた」

「ふふ。人生で三回くらいは母親らしいことをしてみてもいいかなって」

まさにコケティッシュな笑みで夕子は小首をかしげる。

「三回？　あと二回はなに？」

「それはもちろん、あなたたちを産んだとき。あの瞬間だけはこんな私でも、ちゃんと母親をしている実感があったわね」

納得できるような、できないような回答にみんなが一斉に噴き出す。明るい笑い声はいつまでもやむことなく響いた。

エピローグ

十一月。秋はすっかり深まり、からりと乾いた風が吹く。理子は妊娠六か月を迎え、おなかもずいぶん存在感を増している。

深雪の両親も式をあげた歴史ある神社で、たった今、ふたりは永遠の愛を誓った。

「死ぬまで、いや……死んでも離さないから覚悟して」

「はい」

集合写真を撮るために中庭をゆっくりと移動する。

立派な松の木、池にかかった赤い太鼓橋、見事な日本庭園を背景にした紋付袴姿の深雪はとんでもなく素敵で、理子の心臓はドキドキと忙しい。

「深雪さんは和装が似合いますよね。もちろんスーツ姿もすごくかっこいいけど」

なんのひねりもないただのファンみたいな感想になってしまったけれど、今日は許されるだろう。

(だって結婚式だもん。深雪さんのかっこよさを堪能していい日よね)

彼の隣にいられるだけでニコニコしてしまう。

「理子も。浴衣も似合っていたけど、白無垢もいいな。こういう厳かな場所にいると天女みたいだ」

彼も彼で朝からずっと理子を褒めまくっていて、会話を漏れ聞いた喜一に何度も呆れ果てた顔をされてしまった。

「このあとは披露宴だけど体調は大丈夫か？　無理しなくていいから」

「大丈夫ですよ。つわりも軽いほうでしたし、このところは本当に絶好調です」

今はバリバリ仕事もしている。『LBシネマ』は先日、とうとうプレスリリースもされた。あとはサービス開始日に向けて走り抜けるだけだ。

五條雀也主演のショートフィルムの撮影も開始している。彼の演技は素晴らしいそうで、この案件の広報担当をしている希が毎日大興奮だった。

撮影のために理子の父も今は日本にいるので、今日の式には出席してくれた。前を歩く彼に理子は声をかける。

「お父さん」

「ははっ。綺麗じゃないか、理子」

「そんなことより髭くらい剃ってきてよね。だらしないんだから……」

髭も髪も伸び放題で、まるで世捨て人のようだ。理子のお説教など右から左に聞き流し、父は深雪に目を細めた。

「いやぁ、いい男だなぁ。どうかな、映画に出る気とかは――」

「こんなところでスカウトしないで！」

（お父さんとお母さんって、つくづく似た者同士だ。だからうまくいかなかったんだろうけど）

挙式のあとはホテルに場所を移しての披露宴だ。理子と深雪はこのタイミングで洋装にお色直しをした。ウェディングドレスにも憧れていたので、着ることができて嬉しい。

「りっちゃん！　結婚と妊娠、本当におめでとう！」

乾杯のあとですぐ、高砂席に葵がやってきた。シャンパンゴールドの華やかなドレスは彼女によく似合っている。

葵は深雪にぺこりと頭をさげてから、理子に視線を移してニヤニヤする。

「なるほど。りっちゃんが枯れてた理由、初恋を忘れられなかったからだったのね」

「もういいから、そういうのは！」

そのとおりだけれど、あらためて言葉にされると照れくさい。

「でもいいなぁ。羨ましい」

「葵も……いいかげん素直になってみたら？」

「え〜、なんのこと？」

わかっているのかいないのか、彼女は唇をとがらせた。葵を追いかけるように藤吾と栄太がこちらに近づいてくる。

「藤吾くん、ゴンちゃん。今日は来てくれてありがとう」

「いやいや、こちらこそお招きいただき……」

ぎこちない敬語であいさつを返す栄太に理子はクスクスと笑う。

ふたりとも今日はビシッとスーツを着こなしている。藤吾のポケットチーフにはゴールドのラインが入っており、まるで葵と揃えたみたいだ。

（絶対、藤吾くんのほうが合わせたんだろうなぁ）

すべてがパーフェクトでモテモテの彼だけど、葵には本当に健気だ。

（ううん。もはや健気を通りこして、不憫だわ）

「そうだ、葵。よかったらこれ、もらってくれる？」

理子は披露宴の入場のときに持った小さなブーケを彼女に渡す。ブーケトスの予定はないので、親友の葵にプレゼントしたいと考えていたのだ。

「え、いいの？」

「もちろん」

「わぁ、ありがとう」

柔らかくほほ笑む葵は本当に綺麗だ。

ブーケをもらった女性は次の花嫁に。そのジンクスを意識しているのだろう。藤吾がなにか言いたげに葵を見つめている。

栄太と理子は視線を合わせて苦笑を交わす。

（筋金入りで素直じゃない同士だからな〜。荒療治が必要なのかも！）

三人が去ったあとで深雪が理子に耳打ちする。

「あの背の高いふたりは……カップル？　昔から理子と仲がよかったよな」

「やっぱりそう思いますよね？　でも違うんです。なんでうまくいかないのか誰にもわからなくて……私たちの学年の、七不思議のひとつでした」

深雪は楽しそうに頬を緩めた。

「じゃあ、ブーケのご利益があるといいな」

「はい！」

あのふたりにいい転機が訪れるようにと、理子は願った。

「それから、あっちは助けてあげなくていいのか？」

深雪の視線は新婦親族席に注がれている。うんざりした顔の喜一の隣に、なぜか寄り添っているのは真綾だった。

「雀也さんの代理とはいえ、よく図々しく顔を出せたものだな」

深雪はあいかわらず彼女に辛辣だ。

新郎新婦ともに付き合いのある仕事関係者として雀也を招待していたのだが、仕事の都合で彼は出席できなくなってしまった。そこで代理として来てくれたのが真綾だった。

いつか抱いた予感は当たっていたようで、どうやら真綾は喜一に恋をしてしまったらしい。どれだけ嫌な顔をされても、めげずにアプローチしている。

「お兄ちゃんってあんなボーッとした感じなのに、昔からなぜか美女にモテるんです。これも不思議だなぁ」

「そう？　喜一がモテる理由はよくわかるよ。理子と似ていて、かっこいいから」

喜一の話だったはずなのに、いつの間にか自分が褒められる流れになっていて理子は戸惑う。

そんな話をしながらふたりを見守った。喜一がなにかひどい発言でもしたのだろう。

真綾が青ざめている。

「まぁでも、真綾さんみたいな押しの強い女性が意外とお似合いかも！」

彼女くらいの図太さがないと、喜一を落とすことは難しい気がする。

「あの女と親戚になるの、俺は嫌だぞ」

深雪のぼやきに理子はクスクスと笑う。

本当に楽しくて幸せな結婚式だ。理子はおなかに視線を落として柔らかな笑みを浮かべた。

「一緒に楽しんでくれている？　あなたが生まれてきたら、またこんなふうにみんなに集まってもらいたいね。パパもママも楽しみにしているから」

理子の声が聞こえたのだろうか。ポンとなにかを蹴飛ばすような反応があった。

「わ。今、赤ちゃんが動いたみたいです！」

初めての胎動に理子は大興奮で声をあげる。

「本当か？」

深雪もおなかに手を当て「頼む、もう一度」と必死に懇願する。すると、赤ちゃんが期待に応えてポンポンと動いてくれた。

「ふふ。深雪さんに似て優しい子ですね」

「いや。理子に似たんだろう」

「三人家族になる日が楽しみですね」

「あぁ」

甘く視線が絡んで、ふたりは同時にほほ笑んだ。

番外編　星空に願う永遠

夏真っ盛りの八月初旬。東京からの空の旅を終えて、理子は宮古空港におり立った。眼前に広がるのはどこまでも続く青空と白い雲。太陽はギラギラと照りつけているけれど、ビーチリゾートの開放感のおかげか不快さは全然ない。

「いい天気でよかったな」

背中にかけられた深雪の声に振り返る。彼の腕のなかでは、ふたりの娘の千華がスヤスヤと眠っていた。つい最近生まれたように感じる彼女も、もう一歳四か月。上手に歩くようになり、最近はお喋りも上達中だ。

理子は千華の顔をのぞき、ふふっとほほ笑んだ。

「初めての飛行機なのに、全然泣きもせずに爆睡するとは……大物だなぁ」

羽田からの直行便とはいえ、初の子連れ飛行機に理子は緊張していたがまったくの杞憂だった。千華は機体が上昇すると同時に眠りにつき、今も目覚める気配がない。

「何事にも動じないとこ、ちょっと喜一に似ているよな」

その言葉に理子は顔をしかめる。

「え～、それはちょっと嫌です」

と言いつつも、千華と喜一が似ているのは否定しきれない。まだ一歳ちょっとなのに、千華のマイペースぶりは際立っていた。

「顔は理子にそっくりだな。はぁ、いつ悪い虫がつくか心配だ……」

ものすごく深刻そうに彼がため息をつくので、理子は笑ってしまった。

「気が早いですよ、深雪さん」

彼の言うとおり、千華の顔立ちは理子によく似ている。少し癖があってふんわりとした栗色の髪、肌は白いほう。ぱっちりとした二重瞼で、好奇心旺盛そうな瞳がいつもキラキラと輝いている。鼻筋が通っている点は深雪に似てくれたみたいだ。

「あ、起きた。おはよう、千華」

うっすらと目を開けた彼女に深雪は極甘の笑顔を向ける。目に入れても痛くないとばかりに、彼は千華を溺愛していた。

「とーと！」

千華が深雪の顔をペタペタと触りながら、キャッキャッとはしゃぐ。パパ、ママと教えたはずなのに、なぜか深雪を『とと』と呼ぶようになった。不思議だけれどかわいいので、深雪も理子もそのまま受け入れている。ちなみに理子のことは普通に『ママ』呼びだ。

「とりあえず、ホテルに荷物を置きに行こうか」

「はい！　初めての家族旅行、楽しみです」

深雪はあいかわらず仕事が多忙だし、ふたりとも初めての子育てに精いっぱいだったので今回が家族三人になっての初旅行だ。

「理子がずっとがんばってきた『ＬＢシネマ』成功のお祝いでもあるから。めいっぱい満喫して」

「はい！」

ふたりのキューピッドともいえる『ＬＢシネマ』事業は、想定以上の成果をあげてレオ＆ベルはますます勢いづいている。パートナーとして手をあげた、深雪の慧眼ぶりも業界で高く評価された。

「沖縄本島は行ったことあるんですけど、宮古島は初めてです。深雪さんは？」

今回の旅先、彼は海外を提案してくれたけれど理子にはまだ〝子連れ海外旅〟を遂行する自信がなく、沖縄の離島である宮古島を選んだ。

「子どもの頃に家族で一度来たな。海はもちろんだけど、星空もすごかった」

「わぁ、この旅の間に綺麗な星空が見られるといいですね」

「そうだな。理子と千華と、一緒に見たい」

空港で借りたレンタカーに乗って、ホテルに向かう。千華はチャイルドシートのなかでニコニコとご機嫌にしている。いつも忙しい『とと』がずっとそばにいるのが嬉しいのかもしれない。

「あぁ、この先が有名な伊良部大橋(いらぶおおはし)だ。宮古島と伊良部島を結ぶ橋だよ」

それから間もなくして、目の前に絶景が広がった。深雪が車の窓を開けてくれる。ブルーとグリーンのグラデーションが夢のように美しい海、その上を通る緩やかにカーブした長い橋。空と海、同じ青色なのに色彩の豊かさに圧倒される。どの青も少しずつ表情が違うのだ。

ガイドブックの写真は見ていたけれど、実物の素晴らしさにはやはり及ばない。明るい陽光と吹き抜ける風、夏の匂いも、この場所でないと味わえないものだ。

「綺麗……」

それしか言葉が出てこなかった。

「ホテルは宮古島だから渡る必要はないけど、まだチェックインには時間があるし行ってみようか」

車はスピードを落として、ゆっくりと橋の上を走る。

「見て、千華！　綺麗な海でしょう」

ほ～という表情で、千華も景色に見入っている。

「『東洋一美しい海』と称される与那覇前浜ビーチも、ホテルからそんなに遠くないよ。あとで散歩してみようか」

「はい、ぜひ！」

理子はうなずく。

せっかくなので、自然いっぱいの伊良部島を少し観光してから宮古島に戻ってきた。

今日から三泊で世話になる宿は、宮古島の中心街から少し離れた静かな場所に佇む高級ホテル。青い海に映える真っ白な外壁と沖縄らしい赤茶色の屋根。裸足のまま歩ける距離に、宿泊客専用のプライベートビーチが広がる。

深雪がチェックインのためにフロントに向かう。理子と千華がラタンのチェアに座って待っていると、ウェルカムドリンクが運ばれてきた。赤い花の飾られたグラスの中身はマンゴージュース。千華には、子ども向けの紙パックの林檎ジュースだ。天井で回るシーリングファンも、ほのかに香るオリエンタルなアロマも、南国リゾートの気分を盛りあげてくれる。

（本当に素敵なホテル。深雪さんはセンスがいいなぁ）

結婚前に訪れた草津の宿も素晴らしかった。ただグレードが高いというだけでなく、気遣いやサービスが一流だったから。

（そういえば、京都の太秦（うずまさ）も最高だったよね）

千華の出産前に『しばらくふたりきりはお預けだから』と出かけたのだ。楽しかった思い出が次々と蘇ってきて、自然と顔がほころぶ。

「一番奥の棟だって」

全室が独立したヴィラタイプで、自分の別荘のように滞在することができるそうだ。

「うん、いい部屋だよ」

扉を開けた深雪が満足そうにつぶやいた。部屋はスイート仕様になっており、リビングとベッドルーム。バスは内風呂と露天のふたつ。大きなプールもついていて、そこからそのままプライベートビーチに出ることができる。インテリアはラウンジと同じく、オリエンタルムードたっぷりだ。

「少し休憩したら、与那覇前浜ビーチに行ってみる？」

「そうですね。海で遊ぶにはもう遅いから、水着はいらないでしょうか」

理子は深雪にプレゼントしてもらったお揃いの腕時計に視線を落とす。時刻は午後三時半だ。千華がいるのでマリンスポーツなどは難しいと思うけれど、一応水着は持ってきていた。

「泳ぐのは明日、目の前のプライベートビーチがいいんじゃないか」

「ですね。人が少ないほうが千華の迷子を心配しなくて済みますし」

飛行機でよく寝た千華が元気だったので、与那覇前浜ビーチで夕食の時間までたっぷりと遊んだ。澄んだ青い海を背景に、かわいい千華の写真をたくさん撮ることができて理子も深雪も大満足だった。

「千華の水着、深雪さんにはまだ見せていなかったですよね？」

「あぁ。この前、葵ちゃんに付き合ってもらって買いに行ってたよな。どんなやつを選んだんだ？」

「すっごくかわいいですよ。ピンクとブルーのフラミンゴ柄で。ね、千華」

理子が呼びかけると、白い砂浜で砂遊びを満喫していた千華が顔をあげた。にこっと笑う愛娘がかわいすぎて、理子も深雪も身悶えする。

「理子は？　どんな水着？」

出産前から持っていたものが産後太りでややきつくなったので、理子も新調した。シンプルなブラウンのワンピースタイプにリーフ柄のロングパレオがついた一着。露出は少なく、ほぼ洋服みたいなデザインだ。

「私のは、そのまま街を歩けそうなおとなしいデザインです」

「……でも、腕とか足首とかは見えるよな」

深雪が憮然とした顔をする。

「それはまぁ、水着ですし。ていうか足首は普通の洋服でも」

理子の反論を遮って、深雪はきっぱりと告げる。

「予定どおり、泳ぐのはプライベートビーチにしよう。こんなに人の多い場所で、理子が水着になるのは困る」

近頃は理子も、彼がちょっと過剰なヤキモチ焼きであると理解するようになった。

「子連れの母親をそんな目で見る人はいないと思いますけど。そもそも私、グラマーなタイプじゃないですし」

「そんなことない。少なくとも俺は、そういう目で見ている。だから同じように感じる男も絶対にいるはず」

自信満々に断言されてしまった。

(深雪さんは私を過大評価しすぎだと思う。でも……嬉しいな)

いつまでも女性として見て、ヤキモチを焼いてくれる。愛する男性にそんなふうに扱われたらときめくに決まっている。

「じゃあ、水着姿は深雪さん以外の人には見せないようにしますね」

彼の耳元に顔を寄せてそっとささやくと、深雪はグイッと理子の肩を抱いて頬にチュッとキスを落とした。

「み、深雪さん！　千華が見てます」

くりっとした瞳が興味深げにこちらを見あげている。

「だから頬で我慢した」

悪びれもせず、深雪は目を細めた。

翌日は部屋の目の前に広がるプライベートビーチをめいっぱい満喫することにした。

コバルトブルーの海は波もなく穏やか。髪をなびかせる風も、乾いた砂の感触も心地よい。

「かわいい。世界一かわいいなぁ」

フラミンゴ柄の水着を着た千華を、深雪は朝からずっとベタ褒めしている。

（わかるけど、ちょっと嫉妬しちゃう）

笑顔の裏で理子が拗ねているのに気づいたのだろうか。彼が今度は理子に顔を向けて言った。

「理子も。その水着、よく似合う」

「本当ですか？　ありがとうございます」

買うときはちょっと地味かな？と思ったけれど、この落ち着いた雰囲気のプライベートビーチには似合っている気がする。ロングパレオからチラチラと太ももがのぞくので、着て動いてみると意外とセクシーだ。

千華を抱っこしている理子の腰に、深雪はさりげなく腕を回す。

「ここは人が少なくてよかった。こんなに色っぽい姿、ほかの男には見せられない」

「……深雪さん」

こめかみへのキスに、千華の前だということも忘れてドキドキしてしまった。

波打ち際に三人で座り、千華と水遊びを楽しむ。

「冷たくて気持ちいいね」

「きゃ～」

理子がおなかに水をかけてやると、千華は弾んだ声をあげた。

「マーマッ、あい」

千華はわしっと砂をつかんで、理子の手に落とす。サラサラとこぼれていく砂のなかに小さな貝殻があった。淡いピンク色でかわいらしい。

「プレゼント？　ママに？」

こくんと大きくうなずく彼女に、理子は目尻をさげた。

「ありがとう、千華。宝物にするね」

家族三人で過ごす幸せな時間。千華にもらった貝殻も今この瞬間も、宝物だと心から思った。

「千華。ととには？」

「あい、ととっ！」

深雪の頼みに応えて、千華はまた砂をつかむ。でも彼のほうに貝殻は入っていなかったようで、深雪がしょぼんとしている。

「深雪さん。そんなに落ち込まなくても」

静かなビーチに三人の笑い声が響く。

「ランチはホテル特製のカレーだって」

「やったぁ！　海で食べるカレー、最高ですよね」

家で食べても、雪山で食べても、森のなかで食べてもおいしい。カレーは偉大だ。

子どもみたいに喜ぶ理子を見て、深雪は満足そうだ。

「スケジュール調整に苦労したが、来られてよかった。そうそう、千華がもう少し大きくなったら理子の念願のブロードウェイにも行かないと」

「覚えていてくれたんですか？」

理子は目を丸くする。自分でも忘れかけていたけれど、かつて一度だけ彼の前でそんな話をしたことがあった。

「もちろん。子どもの頃にお義母さんと行って、楽しかったと言ってたよな」

「はい。小学校六年生のときです。本場のミュージカルが素晴らしかったのはもちろん、マンハッタンの街の空気だけでもワクワクして」

深雪もうなずく。彼はアメリカ暮らしが長かったので、向こうの事情には理子よりずっと詳しい。

「あの場所に立つだけでパワーをもらえる。そんな街だよな」

深雪は優しい眼差しを千華に注ぎながら言う。

「ドレスアップした千華と理子をエスコートする日が楽しみだ」

観劇を楽しめる年齢になった千華と、年を重ねて渋みを増した深雪が正装して並んでいるところを想像して理子は頬を緩めた。

「家族三人でブロードウェイ観劇。いいですね！」

「うん。あ、もしかしたら三人じゃなくなっているかも」

「え？」

いたずらっぽく彼が目を輝かせる。

「その頃には、千華に弟か妹ができている可能性もある」

「あっ、なるほど。ふふ、それも素敵ですね」

家族三人ではなく、四人か、五人の場合もあるかもしれない。妄想が膨らむ。


ビーチとホテルは直線距離でほんの数百メートルなので、疲れたら部屋でくつろいだり、プールのほうを楽しんだり。そんなふうに、のんびりと過ごす。

午後二時。千華がお昼寝タイムに入ったので、理子たちも部屋で休憩にした。

「千華が寝ている間は映画でも観ようか。このホテル、『ＬＢシネマ』を契約してくれているみたいだから」

「えぇ、それは嬉しいです！」

深雪はラフなシャツとハーフパンツ、理子は宮古島にぴったりなエメラルドグリーンのリゾートワンピースに着替える。ふたつ並んでいるベッドのひとつは千華が眠っているので、もうひとつに理子と深雪は並んで座る。ヘッドボードを背もたれ代わりにして、楽な姿勢をとった。

リモコンを操作していた彼が「あっ」と声をあげる。

「この映画、覚えている？」

「はい！　懐かしい……」

大きなテレビ画面に映し出されたのは、十年以上前に大ヒットした恋愛映画だ。

（深雪さん、ううん、雪くんとデートで観た映画だ）

付き合いはじめてから、三度目のデートだったと記憶している。

「でも、なんでこれを観たんでしたっけ？　私がリクエストしたのかなぁ」

理子は映画好きなのでどんなジャンルも万遍なく観るけれど、一番好きなのはサスペンス系だ。恋愛ものならラブコメ派。深雪は派手なアクションや壮大な歴史ものがお好みのよう。感動系の恋愛映画をどうして選んだのか、今考えると少し謎だ。

「まぁ当時、一番流行っていたから」

彼はどことなく口ごもりながら、そう答えた。

「せっかくなので、これを観ましょうか」

「そうしよう。実は、内容をあまり覚えていないし」

ついポロッとこぼしてしまった。そんな表情で深雪は慌てて口を塞ぐ。理子は軽くショックを受けた。

「それって、私とのデートがつまらなかったってことですか？」

理子に合わせた恋愛映画が趣味でなかったのならまだいいが、デート自体が楽しくなかったという意味ならかなり切ない。

「いや、そうじゃなくて」

いつも余裕たっぷりの彼が妙に焦っているのも怪しい。理子は頬を膨らませて上目遣いに彼を見る。深雪は観念した様子で大きく息を吐いた。

「わかったよ。白状します」

「ぜひ」

ズイと詰め寄る理子に、彼は苦笑を返す。

「これを打ち明けると、高確率で理子は引くと思うけど……大丈夫？」

「引くって深雪さんに？　そんなの、ありえないです」

それでも深雪は気まずそうに理子から視線をそらす。

「じゃあ言うよ。この映画を観ているときは、理子にキスしたいなって……それしか考えていなくて。ストーリーは一切頭に入ってこなかったんだよ」

彼らしくもなく、顔を赤くしている。

（深雪さんが……かわいい！）

「ここまで言ったから、もう全部暴露するけど。この映画を選んだのは俺だ。恋愛ものならムードが出るかなと、子どもっぽい浅はかな作戦を立てた」

意外な打ち明け話に、理子は思わずニヤニヤしてしまう。深雪が怒ったようにこちらをにらむ。

「あぁ、だから話したくなかったのに。しかも結局、作戦は失敗に終わったし」

頭を抱える彼の姿に、愛おしさが込みあげて爆発する。理子はギュッと彼を横から抱き締めた。

「……あの頃の雪くんの気持ち、話してもらえて嬉しいです。せっかくなので暴露すると、私もあのデートのとき……ものすごく期待していました」

「期待？」

「雪くんとのキス」

少し照れながら理子は告白した。彼を笑えない。映画好きの理子も、あの日は隣に座る深雪にばかり意識がいって、ちっとも映画に集中できていなかったのだから。

ふたり目を合わせて、クスクスと笑う。

「ムードなんかどうでもいいから、正直に言えばよかった。理子とキスしたいって」

深雪の指が理子の顎をすくい、ゆっくりと顔が近づく。

「理子。もう一度、雪くんって呼んでみて」

「……雪くん？」

「もう一回」

「雪く……あっ」

今度は最後まで聞かずに、深雪は理子の唇を奪った。何度も何度も甘いキスを交わしたあとで、彼は言った。

「今、あの頃の俺が泣いて喜んでる気がする」

彼の腕が伸びてきて、逞しい胸のなかに抱きすくめられる。理子を抱く手と反対の手で彼がリモコンのボタンを押す。ぷつりと音がして、部屋は静寂に包まれた。

「あれ、映画消しちゃうんですか？」

「今回も集中できそうにないし、またの機会にしよう」

言いながら深雪は理子の両の頬を包み、コツンと額をぶつけた。

「映画好きの君は、すぐ物語に夢中になっちゃうから。やっぱり今は俺だけを見て」

「はい」

愛情たっぷりの瞳につかまったら、もうあらがえない。

結局、千華が起きてくるまでイチャイチャと甘い時間を過ごしてしまった。

ディナーは海辺のテラスで、水平線に落ちる夕日を眺めながら。茜色に染まる広い空は息をのむ美しさで、寄せては返す波の音も心地よい。

「この美しい景色に」

「乾杯！」

合わせたグラスのなかで、シャンパンの泡が軽やかに弾けた。

お肉に海鮮にと盛りだくさんなバーベキューで、とくに厚切りのリブロースステーキは柔らかくて絶品だった。

「外で食べるごはんって、それだけでおいしく感じますよね」

「そうだな。理子と千華と一緒だからなおさらだ」

千華のぶんはホテルが離乳食を用意してくれたが、カボチャやトウモロコシなど一緒に食べられそうな食材もいくつかあった。

「おいしいね、千華」

「ジャガイモもつぶしたら、食べられそうだな」

深雪にかいがいしく世話を焼かれ、千華は満足そうにしている。いつもご機嫌な子だけれど、この旅行中はいつも以上にニコニコだ。

「千華。全然海を怖がらなかったね～。将来は水泳選手かな」

「歩くのも上手だし、運動神経は絶対いいよな」

「でもお喋りも上手だから」

「キャスターの道もあるな」

千華の将来を想像するのは、なにより楽しい。

「性格が喜一似だから、起業家かも」

「いやいや、お兄ちゃんにはそんなに似ていないはずっ」

他愛ない話で、めいっぱい笑った。

「そうだ。さっきホテルのスタッフに聞いたんだけど、今夜は星が綺麗に見えそうだってさ」

「わぁ、嬉しい！」

「ゆうべは疲れて寝ちゃったもんな」

「ですね」

朝早くに自宅を出て飛行機に乗ったのでさすがに疲れが出て、ゆうべは早寝してしまった。今日はホテル周辺でのんびりと過ごしたから星空を見る余裕がありそうだ。

この季節の宮古島では天の川を観測できるそうで、今回の旅行の目玉のひとつと思っていた。

「千華はどうかな？　海でたくさん遊んだから、もう眠いかなぁ」

「早めに部屋に戻って、千華のお風呂を済ませておこうか」

部屋に戻って、お風呂を終えたら午後八時。星空観賞にはちょうどいい時間になっていた。部屋つきのプールの横には水着で休憩できる大きなベッドがついているので、三人でそこに座った。千華は理子の膝の上だ。

「うわぁ～」

「すごいな」

揃って顔を上に向け、理子と深雪は感嘆の声をあげた。

まさに降るような星空だ。小さな光がキラキラと輝いてまぶしいほど。

「あっ」

夜空にかかる橋のような、白い帯状の光がはっきりと見えた。理子はそれを指さして、深雪に尋ねる。

「あれが天の川ですよね？」

「だと思う。ベストシーズンと聞いてはいたけれど、本当に綺麗に見えているな」

「ずっと見つめていたら、吸い込まれそう」

「あぁ、別世界への入口みたいだ」

千華もぽかんと口を開けて、満天の星に圧倒されている。深雪は自分の着ていた麻のシャツを脱いで、千華にかけてくれる。

「夜風が意外と冷たいから。身体が冷えないように」

「そうですね、旅先で風邪を引いたら大変」

理子はうなずき、深雪のシャツで千華の身体をくるむ。

「初めての家族旅行、すごく楽しいですね」

「千華の成長のよい刺激になるといいな。次はどこに行こうか？」

「今回は南だったから北海道とか！　イクラにカニに〜」

そんな話で盛りあがっているといつの間にか、聞こえてくる波音に千華の寝息が交ざった。理子の膝の上で眠ってしまったようだ。

「ははっ。さすがに疲れたよな」

「ふふ、かわいい寝顔」

千華の寝顔と深雪を順に見て、理子は言う。

「私、すごく幸せです。一度は離れてしまった初恋の人と再会できて、こうして夫婦となって、かわいい娘まで授かれて」

はにかむように笑う理子の頭を深雪がグイッと引き寄せた。彼の肩にぽすりと頭が落ちる。耳元で甘い声が響く。

「幸せ者なのは俺のほうだ。俺は、君なしには生きられないから」

視線を少し上にあげれば、そこに愛する人の笑顔がある。

「一生……いや、たとえ何度生まれ変わっても理子は俺のものだ」

「はい、私も絶対に深雪さんを離しません」

ゆっくりと唇が重なる。

この幸福な時間が永遠に続きますように。満天の星に理子は願った。

END

あとがき

　はじめましての方も、お久しぶりですの方も、この本をお手に取ってくださり本当にありがとうございます！　一ノ瀬千景です。気がつけば、マーマレード文庫さまでの前作から一年以上も経過しておりました。時が経つのは早いですね。

　実は今作、前作『身ごもったら、この結婚は終わりにしましょう～身代わり花嫁はS系弁護士の溺愛に毎夜甘く啼かされる～』のスピンオフ作品になっています。もちろん前作を未読の方にも楽しんでいただけるように書いておりますが、既読の方には懐かしいキャラたちも登場しているはず。

　さらに、さらに！　私の強い希望により、今作も前作と同じく千波夕先生がカバーを担当してくださいました。大感謝です！　洋装ウェディングと和装ウェディング、二冊並べるとますます素敵さがパワーアップしますね。

　前作ヒロインの親友だった理子が主役に躍り出たこの作品。理子のキャラはすでに固まっていたので、物語はするすると浮かんできました。彼女が好きになる男性はどんなタイプかな～と妄想して生まれたのが深雪です。ヤンデレ、結構重めのヤンデレヒーローになりました。喜一も言ったように、付き合うのはちょっと大変そう。ですが、ヤンデレヒーローはいつか書きたいと思っていたので、ものすごく楽しかったです。

個人的なイチオシはやっぱり楽ちゃん。イケメンで料理上手、我が家にもぜひ来てほしい。

喜一も好きなのですが、楽ちゃんに押されてあまり活躍させてあげられず……ごめんね、喜一。はたして真綾とはうまくいくのでしょうか？

前作に引き続き素晴らしいカバーを描いてくださった千波先生、いつも的確なアドバイスをくださる担当さま、本書の刊行にたずさわってくださったみなさまにも、あらためて感謝申しあげます。そして、いつも応援してくださる読者さま。本当にありがとうございます！　また次回作をお届けできるよう、精進したいと思います。

一ノ瀬千景

マーマレード文庫

再会してしまったので、仮面夫婦になりましょう
～政略花嫁は次期総帥の執愛に囲われる～

2024年3月15日　第1刷発行　定価はカバーに表示してあります

著者　一ノ瀬千景　©CHIKAGE ICHINOSE 2024
発行人　鈴木幸辰
発行所　株式会社ハーパーコリンズ・ジャパン
東京都千代田区大手町1-5-1
電話　04-2951-2000（注文）
0570-008091（読者サービス係）
印刷・製本　中央精版印刷株式会社

Printed in Japan ©K.K. HarperCollins Japan 2024
ISBN-978-4-596-53909-0

m a r m a l a d e b u n k o